ああああああ――!!
オレの育てた植物が――!!!
「アンタね！
キラープラント育ててるアホは！
一体どういうつもりよ！」
リリィ
少女騎士
異世界ですが
魔物栽培しています。

フィティス
グルメ貴族
ワイバーン
キョウ
氷室恭司
カイコロモチ
…なのかなあ。

??
ミナ
食堂の看板娘
ジャック・オー・ランタン
マンドラゴラ
気づくとオレの異世界生活も
随分賑やかになりました。
まあ、これも一種のハーレム・・・

どうしよう。どうしよう。
彼女はなによりも大切な友達。
その友達がいなくなるなんて――。
「……ごめんなさい。助けてください」
イース
雪の魔女
ドリアード
森の妖精

異世界ですが魔物栽培しています。

雪月花

ファミ通文庫

イラスト／shri

CONTENTS

プロローグ

さんさんと降り注ぐ太陽の光。

頬《ほお》を撫《な》でる心地よい風。

そしてなにより土で汚れた服と手。

「いやー、今日もいい汗かいたわー」

畑いじり楽しい。

まさかこれまでアウトドアをやったことのないオレが菜園作りに目覚めるとは。

やってみると意外と楽しくってそのままついついやりこんじゃうってやつ？

最初は乗り気じゃなかった掃除もやっていくうちについのめり込んじゃうあの感じかな。

いや、人間なにがあるかわかんないものだね。

「よし、色よし。実も充分付いてるし、これはいいのがなるぞー！」

目の前に広がる緑の苗木とそこになり始めた実を確認し、思わず頷《うなず》く。

そんなわけでオレこと氷室《ひむろ》恭司《きょうじ》はここで農作業なんてやっています。

色々あって現在この一面に広がる畑とそこで育ててる植物は全《すべ》てオレの所有物ってことになってます。

とはいえ、ここにある植物には普通とは異なる点があります。

『ギャギャギャギャギャ！』

「うわ！　やべえ！　育てすぎてここの実、また凶暴なキラープラントになってる⁉」

ここで育ててる植物、全部魔物っすわ。

第一章　異世界ですが魔物栽培します

まずはここに至るまでの話をしよう。あれは今から大体一ヶ月くらい前のことだったか。

「あー涼しいー」

オレはその日、エアコンでガンガンに冷えた部屋でいつもどおりくつろいでいた。

季節は夏で外は出るだけで汗だらだらの陽射《ひざ》し地獄《じごく》。

こんな炎天下《えんてんか》で何かをするなんて想像もできない。

大学生のオレは、学校の近くの寮《りょう》で一人暮らしをしている。

「しかし最近の萌《も》え系は色々ありだなー。戦国武将だけじゃなくついには植物図鑑まで萌えイラスト化か」

いま読んでいるのはつい先日発売された萌え図鑑シリーズの新作、萌え植物図鑑。

世界中のあらゆる植物を萌えキャラ化して、どのような生態か、またどのような栽培《さいばい》方法で育つのかが細かく説明されていた。

ちなみに可愛《かわい》いイラストの割には解説や説明がきっちりされて、しかも、それを使った調味料などの作り方まで書かれているので意外と侮《あなど》れない。

そんな風に、パラパラとページをめくっていた時だった。

『ピンポーン』

「ん？」

唐突に玄関で呼び鈴が鳴った。

「すみませーん、郵便物ですー。ドアを開けてもらえないでしょうかー？」

郵便？　はて、なにか頼んだっけ？

ここ最近やたらと暑いので外に出る気力すら出ず、そのため大半のものはAmezonの通販を利用していた。

この萌え図鑑は無論のこと、カップラーメンなどの食料も通販を利用する始末。

ザ・通販文化最高。

と、それはそうと他に何かを頼んだ記憶はないのだが？

そう思い、ドア越しに配達人さんに送り主の名前を聞いたところ、

「えーと、氷室敬司《ひむろけいじ》さんと書かれていますねー」

あー、なるほど。把握《はあく》した。

どうやら荷物の送り主は親父《おやじ》だったようだ。

オレの家族はちょっと事情があって今実家では親父とオレだけだ。

と言っても、親父はいつもどこかに旅行に出かけていて、実家にいることは滅多《めった》にな

い。どこに行ってるのか聞いても曖昧《あいまい》な返答しかしない謎《なぞ》な親だ。

とはいえ、たまにこうして支援物資を送ってはくるのでそれなりに感謝はしている。幼少期から自由教育を言い訳にして育児放棄《いくじほうき》されたことを除いてはだけど。

まあ、それはともかくせっかくの支援物資の到着だ。ありがたく受け取っておこう。

そう思い、ドアを開けた瞬間、太陽の光とは違う眩《まばゆ》い光に包まれ、目を開くとそこは
――異世界だった。


「はい?」

あまりに唐突な展開に脳がフリーズ。

おぉう、なんだよこれ。扉を開けた先は異世界でした。

サプライーズ。説明プリーズ。

とそんな冗談を言っている場合じゃない。

オレは一度頭を大きく振り、両目をゴシゴシとこすってから改めて目の前の景色を見る。

そこは日本のものとは思えない広大な草原のような場所。

その先は見渡す限りの地平線だ。

見たこともないほど巨大な山が遠くにうっすら見え、その横を見渡すとこれまた広大

な森が広がっている。

そして、極めつけはいつの間にか消えていたドアと、後ろに見える街だ。

明らかに日本とは異なる建造物の塊《かたまり》があった。

ここが異世界ではなくどこかの外国かもしれないとも思ったが、そうではない根拠《こんきょ》が二つある。

ひとつは、空を見上げると昼間なのに三つの月が見えて、見たことのない惑星もいくつも見えること。

これ、明らかに地球上じゃ見えない景色です。

ふたつ、目の前の草原を見たこともない生き物が闊歩《かっぽ》してる。

なんだろう、こう地球でいうキウイっぽいやつ。

果物のキウイじゃないよ、ニュージーランドにいる鳥のキウイだよ。

ここは明らかに地球ではない。

なんだか冷静に状況を分析していると、ふとなにかを持っているのに気が付く。

それはさっきまでオレが読んでいた萌え植物図鑑だった。

あーそっか。持ったまま玄関に行って扉を開いたんだ。

うむ。まあ、なにかの役に立つだろうし、持っておこう。

とにかく、これはあれだ。今流行《はや》りの異世界転移の可能性が高い。

だとしても唐突すぎるだろう。というかなぜにオレ？

普通こういうのって勇者の資質がある奴が選ばれて送られるものだろう。

オレに勇者の資質があるとは全然思えない。というか届け物の荷物を受け取ろうとドアを開けて異世界転移ってなんすかそれ。

これ、もしも誰かが転移させたとしたら絶対に人選ミスだよ……。

悶々《もんもん》と唸《うな》りながら考えていると、先程まで前を歩いていたキウイっぽい魔物がこちらに気づいたのか振り向き、目線が合ってしまう。

あ、どうも。はじめまして、ヒムロ＝キョウジと言います。

そんなアホな挨拶《あいさつ》を脳内でしているうちに、キウイっぽい魔物がものすごい勢いでこっちに突っ込んできた。

「ってぇおおおおおおおおい‼」

あのくちばし絶対人刺せる感じだよね！　ってか刺すつもりだよね⁉

来てそうそう異世界であっさりリタイアするのもあれなんで、とりあえず全速力で逃げました。

◇◇◇

「ぜーはーぜーはー、し、死ぬかと思った……」

というわけでなんとかがむしゃらに走って街に到着。意外と近くて助かった。

改めて街の中に入って建造物や街の人達の姿を見ると、明らかに地球とは異なる文化であることが見て取れる。

建造物などはいわゆる中世ヨーロッパのそれに近い感じだが、街の人達の格好はちょっと異なる。

無論、中世にありがちなゴシックな服装は多いのだが、それ以上にいわゆる冒険者的な格好をした人達が目立つ。

肩や腰には剣や弓を提《さ》げ、動きやすい軽装の上から鎧《よろい》や胸当てなどを装備している。

仮にここが地球のフランス辺りだとしてもあまりにコスプレが過ぎるでしょう。

街にたどり着いたことで、ここが異世界であろうという認識が高まった。

「そういえば、すっかり忘れていたけど、異世界に転移したんだし、オレってなにか特殊な能力が付いてるんじゃね？」

こういう時のお決まりとして転移した現代人にはなにかしらの特典があるはずだ。

「えーと、ステータス表示ってどうするんだ？」

試しに「ステータス」とか「スキル」とか叫んでみたけど、なにも起こらなかった。

うーん、この世界はギルドの人に会わないとステータスとかは見れないのかな？

というわけで早速ギルドを探して、それらしき建物に入っていく。

「えーと、お名前はヒムロ＝キョウジ様ですね。当ギルドへは登録にお越しでしょうか？」

「とりあえずステータスを見てもらえませんか」

オレのそんな発言にギルドの受付嬢《うけつけじょう》は「はあ」という顔をするが、すぐさまテーブルに水晶玉を置いて呟《つぶや》く。

「それでは一鑑定、1000Gとなります。お支払い方法はどうしますか？」

あ。しまった。金ない。

「えーと、じゃあツケでお願いできますか？」

「出来ません♪」

にこやかな笑顔を浮かべられた後、追い出された。

まあ、一応ギルド登録だけはしておきました。


しかし、困ったな。金がないぞ。

いや、日本の金なら三千円とちょっと財布《さいふ》に入ってるが、こういうのが異世界で使えた例《ため》しはない！

ゆえにオレは一文無し。

しかも更に困ったことに自分の能力値がどれくらいだとか、どんなスキルを持ってるかとか分からないことには戦えない。

恐らくこのままいけばオレは餓死《がし》する。そうなる前に魔物を狩って金を稼《かせ》がないといけないというのに。

こうなれば仕方がない。多少不安はあるが、ここで悶々としているよりも一度外に出て魔物と戦ったほうが早い。

もしかしたら意外とオレの戦闘能力が高かったり、戦闘中に発動するスキルとかがあったりするかもしれない！

よし、オレもいっちょ異世界でのチートな活躍を見せてやるぜ！


結論。無理でした。

オレ、普通に弱かったです。キウイにつつかれて死にかけました。

あとスキルとかも特になかったです。魔法も発動しませんでした。

これ、詰んだんじゃね？

◇　◇　◇

「やべぇよ……やべぇよ……どうすんだよ、これ……」

というわけで街のすみで頭抱えているオレです。

多分これ、ステータス普通に弱い上にスキルもゼロだわ。

その上、手持ち金もゼロで知り合いも助けてくれる人も誰《だれ》もいないこの状況。うん、確実に詰んでる。

普通ならここで美少女と出会ってなんとかなるパターンだろうけど。

あいにくだったな！　そんなフラグはないぜ！

「というか真面目《まじめ》にどうしよう。すでに腹が減ってきた」

先ほどの検証という名のアホな戦いで動き回り、かなりお腹《なか》がすいてしまった。

このままでは餓死ＥＮＤも近いかもしれない……。

「いや、背に腹は替えられない。一度食堂に行って話をしよう！　きっとオレみたいな哀《あわ》れな冒険者に同情して一度のタダ飯を食べさせてくれたり、バイトの代わりに食事というパターンもあるかもしれない！　うまくいけばそこに住み込みで働き、今度こそオレの物語が始まるに違いない！」

特に始まりませんでした。

金がないなら出て行けと追い出されました。

あれー、異世界ものってもっと楽に色々なイベントが起こると思ってたんだけどなー。

最近のやつは、やけにリアルな要素多くなったし、その影響か？

いやー、いいよオレー、そういう変にリアル要素つけて重くするパターン。

もっと気楽に見られる話とかが好きだからさ。

とそんな風にトボトボ路地を歩いてると、食堂の裏口に余った食材を捨てるゴミ置き場があった。

「……………いや。いやいやいや。ない。ないないない。どこの世界にそんな裏口の残飯漁《ざんぱんあさ》る主人公がいるんだよ」

　そもそも自分を主人公とか言ってる時点でアレかもしれんが、そこはツッコまないでもらいたい。誰しも自分の人生は自分が主役なんだからさ……。

　と、その時、さっきオレを入口から投げ飛ばした店主が裏口から出てきた。

　急いで物陰に隠れるが、おおおお！　店主のオッサン！　アンタが手に持ってるそれパンの耳！　しかも大量！

　それ捨てるくらいならオレによこせよー！　なにが無一文に食わせるモンはないだ！　捨てるものはあるじゃねーかよ！

　と見てるとオッサンが大量のパンの耳をゴミ箱に捨てた。

　オッサンがいなくなったのを確認するとオレは早速ゴミ箱を漁る！　先程までのプライドなど、このゴミ箱に捨てるぜ！

　まあ、今日明日はこれでいいかもしれんが、さすがにずっとこうしてゴミ箱漁る人生なんて辛《つら》すぎるぞ……。

　折角、異世界転移したってのに前の人生よりも墜落《ついらく》人生じゃねーか。

　なんとかもうちょっとマシにならないかな。

　と考えながら、ゴミ箱を漁っていると、ゴミとは少し異なるものを発見した。なんぞこれ。

「んー……これは……種、か？」

なにかの野菜の種だろうか？

おそらくは料理をする際、食べられる部分だけを取り、残りは捨て、その残った部分にあった種なのだろう。

まあ、野菜の種とか大抵は食べられないもんな。

食べられはするが美味《おい》しくないし邪魔なのがほとんどだからな。

「……待てよ、閃《ひらめ》いた」

ちょっとこれ天才的な発想かも。

金がなければ食べ物にもありつけない。

そして金を稼ぐには魔物を倒すしかない。

ならば発想の転換。最初から食べ物そのものを作ればいいんだ。育てて な！

「よっしゃあ！　これ行ける！　俺の異世界ライフにちょっと明るい希望が灯《とも》り始《はじ》めたぞー！　オレはこの世界で野菜栽培を始めるぞー！」

こうしてオレは異世界で農業、野菜栽培を始めることにしました。

ええ、この時は野菜だと思っていましたよ。野菜だと。

◇◇◇

「うむ、いい感じだ。オレの新たなスローライフを始めるのに相応《ふさわ》しい場所だな」

一面荒れ果てた土地。

その前にある朽ちかけた物置小屋の前にオレはいた。

あれから街中を色々と散策したんだけど、どうも街中で野菜を育てられそうなスペースはなかった。

一応公園とかはあったんだけど、人めっちゃいたし。

あんなところで土掘ってなにか埋めてたら不審者《ふしんしゃ》だよ。

というか公共の場で勝手に植物育てるとか絶対捕まる。

そういうわけで街からちょっと離れて、けれど魔物がギリギリ出ない平野を探し回った。

街を見下ろせる丘のような場所で、都合よく誰も使っていない物置小屋までついてる二段構え。

これで畑と当面の住居ゲットだぜ！

早速、先程入手した種をパラパラと地面に蒔《ま》く。

その後、ちょっと種が隠れる程度に土を被《かぶ》せる。

なんか昔見たＴＶ番組じゃ、あんまり深く掘って種を植えても芽が出ないと言っていた。

逆にこういう軽く被せる感じがいいらしい。

幸いなことに今のオレには萌え植物図鑑というものもある。

これには植物の基本的な育て方や、珍しい植物の生態まで記されている。

これで野菜は育つだろう。ああ、信じているぞ。根拠のない自信で！


翌日。

「思ったよりも、ちょっと肩こってるな……」

あれから小屋の中にて一夜を過ごした。

幸いにも中は馬小屋のような作りであり、干し草がたくさんあり、その中に埋もれるように眠った。

とは言え、普段ベッドで眠っている身としてはいきなり自然の草の上で眠るというのは慣れないものだった。

「と、そんなことよりも芽……」

さすがに昨日の今日でそんなに生えるわけがないと思いつつ、昨日の種を植えた場所へと近づくと。

「おおおおおお！　芽！　芽！　芽が出てる！　マジかよー！　ってか早《はえ》ぇー！」

昨日拾ったパンの耳をかじりながらオレは地面から出たその芽を見ていた。

すげえ、この世界の野菜すげえ。

これなら一週間以内にマジで自給自足の目処《めど》が立つんじゃね？

その日、あまりにもテンションが高まった勢いで街の広場にある噴水《ふんすい》から水を調達して何度も芽にぶっかけてみた。幸い小屋の中に放置されたバケツがあったので。

しかし、あまりにも噴水から水をかっさらいすぎて、途中兵士っぽい人に注意された。即逮捕《たいほ》とかされなくてホント良かった。


そして翌日。

「やっぱベッド欲しい」

いや、昨日までは干し草の上で眠るとかいかにもファンタジーっぽくて面白いとか思っていたけれど、実際にやってみると二日で飽きる。

幸いにもこの世界の気候は穏《おだ》やかであり、暑くも寒くもないため、昼も夜も過ごしやすい。

まあ、干し草の中に潜っていれば風邪を引くことはないだろうが、それよりも快適さを求めたい。

とりあえず食を確保したあとは、ベッドというか布団《ふとん》の調達でもしてみるか。

布か何かが街のゴミ捨て場とかに落ちてないかあとで確認してみよう。

「と、そんなことよりも芽だよ！」

オレは思い出し、すぐさま外に芽の様子を確認しに行く。すると。

「おいマジかよ！　この世界の植物成長速すぎね⁉　もう苗《なえ》になってんだけど！」

昨日の水撒《みずま》きが効いたのか、それともこの世界の植物の成長速度が単純に速いのか。

もうすでに元の世界でよく見る売り物の小さな苗くらいには育ってる。

街を一通り見たけど、なぜかこの世界では苗とか植物を売ってる場所なかったんだよな。なんでだろう？

まあ、それはともかく、かなり順調じゃね？　いや、順調すぎる。

オレってもしかして農業の才能あったのかなー。

そんな自画自賛《じがじさん》をしつつ、その日も水の調達のため街へと往復する。

最後に兵士から追われたが気にしない。


とまあ、そんな感じでその後、数日は順調でした。

ベッドに関してはゴミ置き場で布が見つかったので、それに包《くる》まって眠るようになりました。

干し草の上に寝転んで布に包まれると、ある程度は安眠できるようになった。

他にも使われなくなった服などをゴミ置き場から回収してきたのでこれで衣食住の内、衣と住は確保できたと言える。

問題の食に関してもすぐに解決するだろうとオレは楽観していた。

しかし問題はある日、突然やってきました。

「さーて、今日はどのくらい成長したかなー！　昨日はオレの背丈くらいに成長して、なんか実っぽいのもなってたし、これは今日くらい収穫《しゅうかく》できるんじゃね！　いやー、楽しみだわ！」
そう言ってボロ屋から出て目の前に広がる緑一面の畑を想像していたら――

そこにいたのはモンスターでした。

『キシャアアアア――!!!』

……えーと、落ち着こうか。
ちょっと落ち着こう。
冷静に、手のひらに人の字を書く。
人、人、人、人、……何回か書いた後ゆっくり飲み込む。
そして、オレはもう一度ゆっくりと目の前の状況を見る。

『キシャアアアア――!!!』

……うん。魔物だね。完全に魔物だね。てか確実に魔物だね。
なんで魔物がこんなところにいるのかな？　しかもこんな大量に？　昨日までいなかったよね？

てかこんな街のすぐ近くに魔物が来るなんて初めてだよね？

というか、気のせいかなこの魔物。植物型といいますか、めちゃ見たことのある姿と言いますか。

ああ、はい。そろそろ現実認めます。


「これ魔物じゃねえかよ――――!!!!」


こっちに来てから初めての、そして人生で最も大音量の叫びをあげました。

やべぇよ、やべぇよ……オレ魔物育ててたよ。どうすんだよ、これ。

とか、そんな動揺《どうよう》してたら目の前の植物型のモンスターが、口を開けてこっちを丸呑《まるの》みにしようと襲ってきた。

「ってあっぶねっ‼」

寸前のところで後ろに回避。

なんとかギリギリ魔物から離れたが、こいつらの背丈はすでにオレを超える二メートル強で、しかも根っこの部分を中心に自在に動いてきやがる。あぶねー。

ってかマジでどうすんだよ！

うろたえるオレを植物モンスター共はめちゃくちゃ威嚇《いかく》してきて今にも食いかかりそうな勢いだ。

こいつら、ここまで育ててやったオレを食うつもりか、なんて連中だ……恩を仇《あだ》で返すとはこのことか。

くそー！　よく見ればさっきオレを食べようとした魔物の頭の部分の、すぐ隣に美味しそうな果実がいくつかなってるのが見える。

あれは間違いなく果実なのに近づけない！　ここまで育てておいてそりゃないよ！

とかそんなことを心の中で叫んでいると。

「この馬鹿！　なにしてんのよアンタ！」

金色の髪が空に舞う。

上空から降りてきたその人物が俺の育てた植物を刻《きざ》み、その根元を全て綺麗《きれい》に斬《き》り落としていく。

ってあああああ——!!　オレの育てた植物が——!!

「アンタね！　キラープラント育ててるアホは！　一体どういうつもりよ！」

と、オレの前に現れたのは、勝気そうな瞳《ひとみ》でこちらを睨《にら》みつける金髪のやや小柄な女騎士、というよりも少女騎士と呼ぶべき人物だった。

異世界に来てからはや数日、ようやくフラグらしいフラグが立ったのかもしれない。

魔物育てたおかげで。

「アンタねぇ、魔物栽培しようなんて一体なに考えてんのよ！」

いやー、ないわー。ないっすわー。

先程からオレの襟首《えりくび》を摑《つか》んだままグラグラと前後に揺らしてる少女。

暴力系ヒロインは人気が出ないとあれほど言っただろう。なのになぜ出しちゃうかな。

「アンタ、なにか失礼なこと考えてない？」

ジト目でオレを睨む少女。

「いやいや、そんなことはありません。ただあまりにも可愛らしいお嬢さんだったのでぼーっと見てしまってました」

オレのそんな発言に「なっ⁉」と声を上げて顔を真っ赤にして離れる少女。

ん？　もしかしてこの手の話に弱いタイプか？

「そ、それよりも答えなさいよ。なんで魔物なんか育ててたのよ？」

話題を変えようと先ほどの質問の続きをしてくる。

「ムシャクシャして育てました。魔物だとは思っていませんでした。反省しています」

「は？」

言葉通り「は？」という顔をする少女。その後、こちらを疑うような視線を向ける。

「知らなかったって、そんなはずはないでしょう？　種を育てるって、それ魔物を育てるのと同義じゃない」

「いやだから、魔物の種だって知らなかったんですよ。てっきり何かの野菜の種かと思ってたから」

と、そこまで言うと少女はさらに怪訝《けげん》な顔で問いかける。

「ヤサイってなによ？　それなんかの魔物の名前？」

「は？」

今度はオレが「は？」という顔になる番だった。

いやいや、野菜は野菜でしょ。この子何言ってるの？

とここまで考えて、一つの想像に思い当たる。

いや、まさか、そんなデンジャラスなことあるはずがない。が、ちょっと確認のために聞いてみよう。

「えーと、ひょっとして、だけど、この世界って種っていうと魔物の種しかないの？」

「当たり前じゃない。それ以外になにがあるのよ」

やっぱりかい。どうしてくれるんだよ畜生《ちくしょう》。また詰んだじゃねぇかよ。

えー、じゃあ、なに、この世界ってみんな魔物育ててそれを狩って食ってんの？

ありえないだろう。どんだけ危険な世界だよ。って、思い出した。

「ああああー！　オレの育てた実がー!!」

先程目の前の少女に斬られた植物が宿していた実が全て枯れていた。

なんで!?　お前さっきまですげえみずみずしく実ってたじゃん！

「魔物が死んだら実ってる実も大体は枯れるわよ？　そんなの常識でしょ」

そりゃこの世界の常識だろう。こちとら初耳だわ。

「マジかよー。じゃあ、どう栽培すればいいんだよー」

この世界の植物は全て魔物。そして実ればそれと同時に魔物になって襲いかかってくる。

けど、それを倒してしまうと実ったものは取れない。これ予想以上に難易度高くね？

この世界の野菜とか果物《くだもの》って採るのどんだけ厳しいんだよ。

「てかアンタ、一応確認しときたいんだけど、これってマジでアンタが栽培したの？」

少女は目の前で朽ち果てている魔物をツンツンと剣で刺しながら聞いてくる。

「はあ。まあ、そうですけど」

今更、弁解《べんかい》の余地はなさそうなので素直に白状する。

すると今度は少女が驚いたように息を呑んだ。

「……信じられない。まさかとは思ったけれど本当に魔物を栽培してたんだ」

「ああ……やっぱり魔物栽培するとか普通はしないことですかね……？」

「そうね、普通じゃしないわ。というよりも出来ないと言ったほうがいいけれど」

ん？　できない？　どゆこと？

そう言えばこの少女は一体どうしてここに現れたんだ？

「ところで、つかぬことを聞くんだけど君はどうしてここに？　偶然通りかかったの？

それともオレの叫びを聞いて？」

「はあ？　そんなわけないでしょう。苦情が出てたのよ。街の近くの丘の方でなにか変なのを育ててる怪しいやつがいるって、しかも噴水の水を泥棒《どろぼう》してるって」

ああ、そりゃ苦情出るか。

「あとアタシの兄から頼まれたのよ。アンタのことをなんとかしろって」

「ん？　兄？」

はて、この少女の兄とな？　そんな人物と会ったか？

こっちに来てからむしろ人との接触なんてほとんどなかったし、その間に誰かと人脈を作った覚えもないんだが。

はっ⁉　まさか食堂のオッサン！　あのオッサンなのか⁉

「公園の警備をしてる兵士よ。アタシの兄」

「ああ、なるほど」

納得。どうやら知らないうちにマジでフラグは立っていたらしい。

「で、アンタこの街から出て行ってくれる？　いくらなんでも魔物育てるような危ない奴はここへは置いておけないわ」

確かにこの少女の言うことはもっともだ。

しかし、出ていけばオレは確実に野垂《のた》れ死ぬ。それはなんとか避けたい。

「なあ、この世界の野菜、じゃなかった。魔物の実とかってみんなどうやって採ってるんだ？」

素朴な疑問を投げかけてみる。

「そりゃ冒険者が採ってくるしかないでしょう。あいつら倒すとなってる実も使えなくなるから生きてる間に採らなきゃいけないし。だからこそ魔物がつける実って貴重なんじゃない」

なるほどな、やっぱ簡単じゃないのか。ってちょっと待て、今なんか貴重って聞こえたぞ。

「貴重なのか？」

「ええ、そりゃあんまり収穫できないからね。特に最近は植物型の魔物の数が減ってきてるせいで、食堂とかでも品数が減って、食材魔物の値段も年々上がってるのよ」

そ　れ　だ。

ここに居座れる突破口《とっぱこう》を見つけたかもしれん。

「なぁ、少女騎士さん」

「リリィよ。なにその呼び方」

「なぁ、リリィ。君、さっき魔物の栽培はできないって言ってたけどあれってどういう意味？」

「え？」

いきなりの質問にキョトンとするリリィ。だがやがて呆《あき》れたように答える。

「魔物って自然にしか発生しないのよ。過去に人間がそうした魔物の種を地面に植えて育てようとしたって記録はあるけれど、誰ひとりとしてそれに成功したことはないわ」

「じゃあ、もしかしてオレが魔物育てたのって相当珍しい？」

「珍しいなんてものじゃないわよ。初めてじゃないの？　人間がそんな真似《まね》出来たの」

マジか。これはやっぱりいけそうだ。

「なあ、リリィ。君、最近魔物の実とか食べてるかい？」

「な、なによ急に」

「とりあえず答えてみ」

「……あ、あんまり食べてないかも」

「よし。ならむしろ協力しないか！　ここでオレと一緒に魔物を栽培しよう！」

「は？」

なに言ってんだこいつは？　と顔に書いてある。

だがしかし、オレの方は結構本気で言っている。

「よく考えてくれ。オレが魔物を栽培すれば君もそれを自由に採れる。これは結構いい取引だと思うんだが」

「そ、それはそうだけど、街の辺境とは言え、魔物を栽培してる奴を見逃すのは……」

「大丈夫！　今後は迷惑をかけないように育てた魔物を管理するから！　これもお互いのチャンスだと思って頼むよ！」

そう言って必死に土下座《どげざ》をして頼みごとを行う。

このポーズに効果があるかはわからないが、オレは必死に懇願《こんがん》した。

やがて、リリィの方もそんなオレの根気に押されたのか、あるいは魔物の実という魅《み》惑《わく》に負けたのかため息をついて頷く。

「……まあ、今回の件はアタシの兄から警告しろってことでここに来ただけだし。街からはまだアンタを追い出せって依頼は来てないし、見逃してあげてもいいかも」

「本当か！」

「ただし！」

ビシッと鼻先にリリィの細い指が触れる。

「アタシも協力するから、アンタが作る魔物を半分収穫させてもらうわよ」

同盟締結。

こうしてオレはリリィという少女の下、改めて魔物の栽培に挑むこととなった。

うん、今度はちゃんと収穫できるようになんか手を考えておこう。

◇　◇　◇

「ない。ないないない。なんで野菜育てるのにこんな森の中入るんだよ。ない！」

「うるさいわね、ヤサイじゃなくて魔物でしょ。アンタが育てるのは」

愚痴るオレをよそに目の前で狼《おおかみ》の群れに剣を突きつけるリリィ。

どうも、ここ樹海です。街の近くにある深い森です。いわゆるダンジョンです。

こう、最初に冒険者がゴブリン退治だとか薬草を採りにいく系の。

話は今から数時間ほど遡《さかのぼ》ります。

「まず最初はジャック・オー・ランタンにしましょう」

「は？」

この子はいきなり何を言ってるんだ。

ジャック・オー・ランタン？　それってカボチャのモンスターのことでしょ？

「まずね、アンタが育ててたキラープラントは植物型モンスターの中でも凶暴な奴よ。あれは見境なく人を襲うんだから。それに比べてジャック・オー・ランタンなら比較的安全よ。あれはこっちから手を出さない限り滅多に人を襲わないし」

でも襲ったら反撃されるんだろう？

しかも生きてるかぼちゃとかやだー。食べたくないよー。

「ジャック・オー・ランタンはタイミングを間違えなければ自我を持つ前に収穫できるわよ。アタシも何度か採ったことあるから間違いないわよ」

「あ、そういう収穫とかも冒険者の仕事なの？」

「まあ、そうね。ジャック・オー・ランタンとかは実る時期が大体同じだから、その時期になると初心者冒険者とかがパーティを組んでジャック・オー・ランタン狩りに出るのよ。ただ中には自我を持ったジャック・オー・ランタンもいるから、そういうのと出くわしたら倒さないといけないし、基本冒険者の仕事なのよ」

なるほど、食料を採るにしても魔物との戦いは避けては通れないわけか。

本当にいろんな意味でデンジャラスだなこの世界。


と、そんなこんなでジャック・オー・ランタンの種を求めて樹海に来ています。

そんなオレの心の声を無視して、やたらやる気のリリィがなにか見つけたようだ。

あ、キョウって言うのはオレのことね。

「キョウ」

恭司よりもキョウの方が呼びやすいからとリリィに言われました。

「あったわよ、これがジャック・オー・ランタンの死骸《しがい》よ」

そこには腐《くさ》って地面に溶けるように塊になってる何かがあった。

これって元はかぼちゃなのか？　うーん、まあ見えなくはないか。

「他の魔物にやられたか、冒険者に斬られたか、あるいは寿命《じゅみょう》か。いずれにしてもちょうどいいわ」

そう言ってリリィが茶色い塊から何かを取り出す。

うん、多分あれが種なんだろうけど、なんつーか、ちょっとグロイ。

「はい、持ってなさい。キョウ」

「ってえええ!?　オレが持つの!?」

「当たり前でしょ。アンタが育ててるんだから、種の管理もアンタでしょ」

そう言って種を投げるリリィ。

うーん、さきほどの本体のドロドロがそのままくっついてる。種はまあ、かぼちゃだから結構多いな。ってかこれ、植えて育つかな？

◇　◇　◇

というわけでお待たせ、みんな！　種蒔きの時間だよ！

前回は土を耕すのを忘れていたけれど、今回はちゃんと耕してみました！

リリィという援助元が見つかったので、彼女へ土下座してもらったお金でクワっぽいものを買えました！　これで一気に農業生活っぽくなってきたよ！

あと堆肥《たいひ》とかも使ってみました！　といっても街のゴミ捨て場から拾ってきたなんやかんやをそのまま地面に混ぜただけなんだが。

こういう生ゴミや枯葉《かれは》とかを地面に混ぜて埋めれば肥料《ひりょう》になるって萌え植物図鑑に書いてあったから間違いない。

いやー、なにげにこの萌え植物図鑑、役に立って助かりますわ。

さすがに細かいことまでは載っていないけれど、ないよりはマシだね。

で、採ってきたジャック・オー・ランタンの種なんだけど、蒔いた次の日にはもうすでに芽が出てました！

やっぱりこの世界の植物って魔物だからなのか成長はえー！

その日に様子を見に来たリリィも、やたら驚いてました。

「まさかとは思ったけどアンタ、マジで魔物栽培できるのね。一体どんな魔術使ってるのよ？」

いや、こちとら普通に植えてるだけですが？

堆肥か？　やはり昨日の地ならしと堆肥が効いたのか？

あんまり深く考えずにそのまま水撒きとか色々やりました。

あ、今度は噴水の水じゃなく、ちゃんと公共の水が出るところで。

こんな場所があるなら最初に言ってくれよ。

で、そんなこんなで数日経《た》って、見事にかぼちゃ畑になりました！　やったね！

「本当にジャック・オー・ランタンが実ってるわ」

キラキラとした目で感心しているリリィ。

うーん、この驚きようからしてマジで魔物の栽培とかって珍しいんだな。

この世界の人間が全体的に農業の才能がないのだろうか？

「うん、これとかちょうど良さそう。まだ自我が出てくる前だし、それに実も充分詰まってる。これもらうわね」

そう言ってリリィは、手頃な大きさのジャック・オー・ランタンを手に取り、切り取っていく。

そうか、もうそのくらいのサイズで採っていいのか。

見るとそれは、オレの拳《こぶし》を二つ合わせたくらいのサイズだった。

逆にこれ以上育つと自我持って厄介なことになるのかな？

まあ、とりあえずは似たようなサイズを探して同じく刈り取ってみる。

「いやー、初めてにしては上出来じゃね。一気に四個も収穫だぜ」

他にも小ぶりのサイズが二、三個あるが、これはもうちょい育ててから収穫した方がよさそうだ。

「それじゃあ、行きましょうか」

「え？　行くってどこへ？」

急なリリィの呼びかけに思わず問い返す。

「決まってるでしょう。こいつを美味しく料理してもらえるところに行くのよ」

◇◇◇

というわけで、リリィにつられるまま街を移動している。

この自家製かぼちゃ、もといジャック・オー・ランタン。個人的にはなんとしても調理して食べたい。

最初は「魔物食うとかないわー」とか思っていたが、これ見た目だけなら完全にただのかぼちゃだし。

なにより自分で育てた野菜！　食べたい！

これは野菜育てたことがある人なら分かる感情だ！

ようやく出来たものはとりあえず口に入れてみたいのよ！

でまあ、それに関してリリィには宛てがあるらしく、彼女の案内に従い一軒の食堂屋へとたどり着く。

うん、ボロい。というか古臭い？　最初にオレが入った食堂って今思えばこの街でも高級レストランにあたるところだったんだろうか？

それに比べてこっちは個人経営で開いてる小さな食堂屋さんって感じだね。

「ここアタシの知り合いの店なの。まあ、とりあえず入って入って」

と急《せ》かされて中へ入る。

中に入ってみると意外とこざっぱりとしている。

なんというか日常的な佇《たたず》まい？　気取らない、むしろ安心して食事ができる家庭的な雰囲気だ。

あー、確かに下手に高級なレストランとかよりも、こうした庶民的な場所の方が落ち着いて食事できそう。

そんな風にこの食堂を見直していたとき、奥からひとりの少女が現れた。

「いらっしゃいませ、ようこそお越しいただいて……ってあれ、リリィちゃん？」

「久しぶりね、ミナ」

そう言ってリリィと親しげに会話を交わす少女、ミナと言ったか。

歳《とし》はリリィと同じくらいだが、外見や雰囲気は正反対と言ってもいい。

リリィは活発な印象にどことなく育ちの良さが出ているんだが、一方のミナは大人しく清楚《せいそ》で気取らない可愛さがある。

いわゆる庶民の中にあって輝く花という感じだ。

その子はリリィと軽く会話した後、オレの方へと改めて視線を向ける。

「リリィちゃん、こちらの方は？」

「ああ、こっちはキョウ。実は魔物を栽培してるのよ」

おい、ストレートに言うな。まあ、間違っちゃいないが。

それにはミナちゃんもかなりびっくりした様子だ。

そりゃそうだよなー。どこの世界に魔物育ててるサイコな奴がいるのやら。

と思ったがミナちゃんの驚きは怖がってるというよりも、むしろなにかを期待しているもののようだった。

「あ、あの、魔物を栽培しているって、それって本当に魔物の栽培に成功しているんですか⁉」

ええー、この子食いついてきたよ？

　リリィもそうだけど、この世界の人って魔物という名の食材にどんだけ飢《う》えてんの？

「えーと、ついさっきかぼちゃ、じゃなかったジャック・オー・ランタンの栽培に成功して、とりあえず四個ほど……」

「えー！　すごいです！　あの、もしよろしかったらそのジャック・オー・ランタン、うちで取り扱えないでしょうか⁉」

　うーむ、すごくいい反応だ。

　魔物育てても調理をする方法がないオレとしては大助かりなんだが、リリィがわざわざここを紹介したのは、単にミナちゃんと知り合いだからというだけでもなさそうだ。

「実は最近、ここの経営が苦しくなってきててね。魔物の値段もドンドン上がってきたせいで料理のバリエーションも減ってきたの。だから、アンタさえよければミナに力を貸してもらえないかしら？」

　そう小声でオレに事情を説明するリリィ。

　なるほど、そういうことなら納得だ。

　むしろ、オレとしても困ってる女の子の助けになるのなら、そっちのほうが断然いい。

「了解した。構わないよ。オレの育てた魔物でよければいくらでも提供するよ」

「本当ですか！　ありがとうございます！　それではさしあたって、お支払いの方についてなんですが……」

「ああ、それについてはあとで構わないよ。それよりも今は」

「「ジャック・オー・ランタン料理を作って‼」」

かなりお腹が空いていたのかオレとリリィの声が見事にハモった。

◇◇◇

「いやー、それにしてもうまかったな。あのミナちゃんってかなり腕のいい料理人じゃないのか？」

「当然よ。ミナはアタシが知る中でも一番の料理人なんだから。店が目立たないせいで皆気づいてないみたいだけどね」

「なるほどな。いや、しかし、これでいよいよオレの異世界暮らしの目処が立って来たぞー！　この調子でいろんな魔物栽培しては料理して売って、オレはこの世界で魔物栽培者の頂点に立つぞー！」

「アンタたまにわけわかんないこと言うわね。異世界ってなに？」

そんなオレの熱い宣言に対し、呆れたようにツッコミを入れるリリィ。

その後、腹を満たして、畑を見に行ったオレ達を待っていたのは、ちょっと予想外の光景であった。

「よお、兄ちゃん。今帰ったのかい？　遅かったな」

……うん、誰かがオレを待ってたみたいだ。

いや、誰かというのはおかしいかな。

『なにか』だな、こりゃ。

「兄ちゃんのおかげでオレもこうして無事に成熟《せいじゅく》できたぜ、礼を言うぜ」

どうもさっき、一個収穫し忘れていたみたいだ。葉っぱの陰に隠れていたってやつ。

いや、だってさ、かぼちゃ育てた人ならわかると思うけど、こいつら地面のあっちこっちに蔓《つる》が伸びるのよ。

しかもそこから生える葉がかなりでかくて、育ててるかぼちゃが隠れるのよ。

しかもこの世界のかぼちゃというかランタン？　地球のやつよりも葉も大きければ蔓の長さも倍。そりゃ見落としもありますわ。

まあ、なにが言いたいかっていうと。なんか一匹完全に自我を持ったジャック・オー・ランタンが枝にくっついたままふわふわ浮いてこっちを見ている。

「それはそうと兄ちゃん。どうだい？　オレを食べてみないかい？」

しかもなんか食わないかアピールしてきたんだけど。

第二章　マンドラゴラを育てよう

「やっぱキチンとした布が欲しい」

いや正確には布団が欲しいというか、ぶっちゃけベッドが欲しい。

どうも、異世界に来てから二週間ほど経《た》ちました。

現在の住まいは相変わらずのボロ屋です。

あれからジャック・オー・ランタンを栽培《さいばい》し、ひとまずの食は確保できました。

というのも、あれからこの小屋を調べてみたら奥からガラクタが出てきて、その中に鍋《なべ》だの棒だのを発見。ひとまずそれで料理が可能になりました。

と言っても鍋の中にランタンをぶち込んで煮込むだけの料理ですけどね。

ちなみに火は火打ち石というもので簡単に発生します。

火打ち石と言っても地球のやつとはまるで違うよ。

見た目は紋章《もんしょう》が入っただだの石だけど、これを持って念じると小さい火が出てくるというマジックアイテム。

露店《ろてん》で売っていたのを購入しました。なお石に宿った魔力が切れると使えなくなるので消耗品です。

そう！　あれからミナちゃんのところで定期的にジャック・オー・ランタンを買い取ってもらったおかげで念願のこの世界の金銭《きんせん》が手に入ったのです！

で、まあ食についてはは確保できたし、住についても文句はないんだけど、問題は寝床《ねどこ》がなぁ……。

幸いと言ってはなんだが気候はあれから全く変わらないので、今のままでもいいと言えばいいんだが、布……欲しい……。

「なら買いに行けばいいじゃないの」

見ると、部屋の片隅に放置されていた椅子《いす》に座り、リリィがこちらを見ていた。

あれからというものリリィは定期的にうちに来ていた。

「それが出来れば苦労はしないよ……布高いんだもん」

そう、思ったよりも布の値段が高いのだ。

買えない事はないのだが、ジャック・オー・ランタンなどの食材魔物に比べると値段は倍以上。布団やベッドなどになればその数十倍。

「なんであんなに高いんだよ……」

「そりゃ、布と言えば魔物の糸から作るしかないから当然高いに決まってるじゃない」

はい？　魔物の糸？　どういうこと？

思わずオレが顔を上げ、訳が分からないといった表情を向けると、リリィが呆《あき》れながら説明してくれる。

「つまり絹糸《けんし》ってやつよ。蜘蛛《くも》や幼虫《ようちゅう》型と言った虫型の魔物がよく口から出す糸をまとめて布にしてるの。服とかにする場合は縫製する必要があるから、手間がかかる分、値段も跳ね上がるのよ」

なるほど。食材と違って、素材を加工する必要があるから高いのか。

しかも聞く限り、魔物に糸を吐かせなければいけないわけで、それは下手すると倒すよりも難しそうだな。

「ちなみに一番いいと言われている糸はカイコロモチと呼ばれる魔物が吐く糸ね。これは素材そのものが上質でそのままつなぎ合わせるだけで布としてもベッドカバーとしても使えるわ。貴族が愛用するほどらしいからね」

なぬ？　そんなにいい絹糸が存在すると？

それはぜひとも欲しいが、そういう上質な糸ってことはどうせあれだろう。

「でも、その魔物、カイコロモチだっけ？　危険なやつなんだろう」

「いえ、そんなことはないわよ。むしろ安全な魔物よ。なにしろ危険度Fの魔物だし」

「危険度？　なんだそれ？」

初めて聞く単語に思わず聞き返す。

「危険度っていうのは人が魔物に定めた強さのランクよ。これで魔物の強さを表すの」

ほー、なるほど。ＲＰＧ的でわかりやすいな。

「ちなみにランクは最高のSSから最低のFまであるわ」

「なるほどな。ちなみにSSランクになると、どれくらいの強さなんだ？」

オレのその問いにリリィは呆れたように答える。

「SSランクを倒すのは不可能よ。あれに関して言えば人間がどうこうできる相手じゃないわ。まさに規格外の魔物。相手をできる人間がいるとすれば勇者くらいのものよ」

勇者。この世界にも存在するのか？

そう思ったが、続くリリィの説明に気を取られる。

「通常、人が倒せる最高ランクがSランクまでよ。けどこれも一級の冒険者が複数のチームを組んでようやく倒せるほどのレベルね。ちなみに最低ランクのFは一般人でも戦える程度の魔物で、多分アンタでも倒せると思うわよ」

なん……だと……？　つまりそのカイコロモチってのはオレでも倒せるということか？　それを聞いた途端にやる気が出て、立ち上がる。

「よし、行こう」

「待ちなさい」

そのままカイコロモチのいる場所へと向かおうとするオレの襟首《えりくび》を、すぐさま掴《つか》まえるリリィ。

「カイコロモチの糸は倒すよりも入手が難しいのよ」

そう言ってリリィが説明をしてくれた。

「カイコロモチは倒すのは簡単だけど、それじゃあ糸を入手することはできないのよ。さっきも言ったとおり、倒すのではなく糸を吐かせるのが目的なんだから」

確かに。倒してしまっては糸は吐いてくれないな。

「じゃあ、普通に戦いを長引かせればいいんじゃないの？」

「そうもいかないの。カイコロモチはとても臆病《おくびょう》な魔物なの。人間を見たら一目散に逃げ出す。捕まえても自分から戦おうとはせずに逃げようと暴れるわ」

あー、なるほど、そういうタイプか。

確かにそれなら好戦的にこちらに向かって糸を吐いてくる魔物の方が数倍楽だな。

「じゃあ、どうすれば糸を吐くんだ」

「それが……リラックスさせるしか方法がないのよ」

リラックス？　なんじゃそりゃ？

「つまり、カイコロモチたちは気分がいい時にしか糸を吐かないの。遊んでる時とか、仲間と一緒にまったりしてる時とか。そこに人間が踏み込むと途端に緊張や怯《おび》えで糸を吐かなくなるの」

なるほど。そこまで聞いただけでも、倒すよりも遥《はる》かに難しいことが分かってくる。

「カイコロモチの糸を回収するにはその専門家でないと無理なの。最低でもひと月以上はカイコロモチたちのエリアに張り付いて、連中に気づかれないように茂《しげ》みでじっと観察。一日にいくらかの糸を吐いたのを確認したら、夜中にそれをこっそりと回収。そうしてひと月近くつかず離れずを繰り返して、ようやく一キロ近い糸を回収できると聞くわ」

な、なんていう根気の勝負。

確かにそりゃ高級品と呼ばれても仕方のない糸だわ。

「わかった？　だからアンタが行ったところで連中が逃げてそれでおしまいよ。カイコロモチは危険度は最低のFランクだけど、その価値は星三つ分あるんだから」

価値？　星三つ？　なにやらまた新しい単語が出てきたな。

オレのその疑問に対し、再びリリィが答えてくれる。

「魔物価値ってやつよ。魔物には危険度と一緒に価値っていうのが別に存在するの。星が多いほど素材として貴重だったり、食材としても優秀だったりするの。カイコロモチの場合は、あいつらの吐く糸が星三つ分の価値があるってことね。ちなみに星五個が最高価値よ」

最後に諦《あきら》めなさいと付け足すリリィだが、そこで引き下がるオレではなかった。

むしろ、そこまで価値が高く危険度も少ない魔物なら挑戦しない手はない。

「無理かどうかはやってみなければわからないだろう。頼む、リリィ！　オレをカイコロモチのいる場所まで案内してくれ」

オレの諦めの悪いその返事にリリィは呆れるものの、最終的には案内してくれることとなった。持つべきは相棒《あいぼう》だぜ。

◇　◇　◇

「ところでなんでアンタもついてきてるの？」

「兄ちゃんの行くところならオレも同行するさ」

そう言ってオレとリリィの間をふわふわ浮いているのは、あの時、オレ達を出迎えたジャック・オー・ランタンだ。

結局あのあと自我を持って、なぜかオレに懐《なつ》いては一緒に行動をしていた。ちなみに長いのでジャックと呼ぶことにした。

「兄ちゃんはオレの生みの親だからな。守るためについていくのは当然だぜ」

「お前戦えたのか？」

正直、こいつの生態がよくわからない上に日頃は地面とかでゴロゴロ転がっている姿しか見ないので戦えるということに驚いた。

「まあ、戦えなくはないわよ。一応こいつら危険度Eの魔物だから、野生のジャック・オー・ランタンは成り立ての冒険者じゃ、ちょっと危ないかもね」

なるほど。いわゆる序盤《じょばん》のちょっと強い敵って感じか。

そんな話をしているうちにどうやら目的の場所に近づいたらしく、リリィが「しっ」と唇に人差し指を当ててからオレ達に止まるよう指示をする。

「いたわよ、ちょうど『樹』があって、その周辺に群がってるみたい」

『樹』？　なんの事かよく分からず、リリィの指す方向を見る。

そこには広間のような場所に一本の白い樹が生え、その樹を中心にもぞもぞと動き回っている白い幼虫が数匹いた。

あれがカイコロモチか。名前からして蚕《かいこ》っぽいのを想像していたが、まさしくまんまだ。ただし大きさは一メートルくらいあって結構デカイ。

それはそうと、カイコロモチたちが群がってる中心にある白い樹。ありゃ一体何だ？見ると枝の先に白い繭《まゆ》のようなものが二、三個実っているのが見える。

樹の実？　いや、それにしてはスイカサイズにでかいし……どちらかというと卵に見えなくもない。

「なあ、リリィ。あれ一体なんなん……」

「しっ、静かに。ちょうど生まれるみたい」

生まれる？　なんのことだ？

そう思いながら、リリィが指差す白い樹の方を見ていると、枝先に実っていた白い繭のような実がぶちりと枝から落ちていく。

そのまま地面に落ち、コロコロと転がることしばし、白い実が小刻みに震え出す。

なんぞと思った次の瞬間、実にヒビが入り、まるで卵のように内部から割れていく。

そして中から周りのカイコロモチよりも一回り小さい、赤ん坊のようなカイコロモチが生まれた。

「きゅー」

「え、えええええええ⁉　むぐううううう」

「ちょっと！　大声出さないでよ！」

オレの口をすかさず手で塞《ふさ》ぐリリィ。

危ないところだった。幸い、カイコロモチ達には気づかれず、こちらが隠れている茂みの方をわずかに振り向いただけであった。

いやでも、叫びたくなるよ。なに今の光景。どういうこと？

「……なぁ、リリィ。今、樹から魔物が生まれたような気がしたんだが、気のせいだよな？」

そんな疑問を口にするとリリィが呆れたように答えた。

「なに言ってんのよ、この世界の魔物は全部樹から生まれるものでしょう」

あー、そうだよね。魔物って樹から生まれるものだもんねー。

いやー、オレとしたことが当たり前のこと聞いちゃったなー。あはははは。

「って、いやいやいやいやいや！　そんなわけないだろう！」

再び大声を出しそうになるが、なんとか抑えながら叫ぶ。

どこの世界にそんなメルヘンなファンタジーがあるんだよ！

「アンタ本当にうっさいわねぇ……カイコロモチが逃げてもいいの？」

それは困る。だが説明してもらえないとオレも落ち着かないんだ。説明プリーズ。

「はぁ、仕方ないわね」

やれやれといった感じでリリィが説明をしてくれた。

どうやら、この世界の魔物はすべて樹から生まれるらしい。

ジャック・オー・ランタンや、キラープラントといった植物型魔物はそれ自体が植物なので、これは普通のことだ。

問題は動物系の魔物。

ここでいう動物というのは虫型や魚型、鳥型といった植物型以外のすべての魔物を指すらしく、彼らはそれぞれ自分たちの樹から生まれるらしい。

つまり、いま目の前にある白い樹がカイコロモチの樹と呼ばれるものであり、そこから生まれるのがカイコロモチ。

先日ジャックの種を採《と》りに森に行った際、オレたちを囲んでいた狼達はキラーウルフと呼ばれるこの世界の代表的動物型魔物だ。それもキラーウルフの樹と呼ばれるものに実のようなものができて、それが卵のように成長し、一定のサイズまで大きくなったところで自然と樹から落ちて、その後すぐに卵が割れて、中からキラーウルフの子供が生まれるという。

ちなみに魚類の魔物は海に咲くサンゴが連中にとっての樹であり、そこになる実から生まれるのだそうだ。

「へぇー、なんかとんでもない世界だな」

　ということは、魔物自体は卵を産まないってことだよな。

　あれ、でもそうなると、あの魔物を産む樹ってどこから生まれたんだ？

「さあ？　それぱっかりはアタシもよく知らないわ。とにかく、そういうわけで魔物が生まれる樹がたくさん存在しているの。それこそ獣《けもの》から虫、果てはドラゴンといったものまで様々にね」

　ドラゴンまで樹から生まれるのか。そいつはとんでもねーな。

　聞いた上でもう一度カイコロモチの樹を見ると、気になるものがあった。

「なあ、あれはカイコロモチの樹ってことでいいんだよな」

「そうよ。特徴も一致してるし、なにより実際にカイコロモチが生まれたでしょう」

「だよな。ひとつの樹から別の魔物が生まれることってあるのか？」

「それはないわ。ひとつの樹からは一種類の魔物しか生まれないわ。ドラゴンの樹ならドラゴンしか、キラーウルフの樹ならキラーウルフしか、あれならカイコロモチしか生まれないわ」

「そうか。じゃあ、樹の根元に転がってるあの卵って一体何だ？」

「へ？」

　オレが指差す方向を見て、リリィも気づく。

　カイコロモチの樹の下に大きな白い卵が転がっていた。

カイコロモチの樹が白いため、同じ色を持った卵が根元にあるのに気付かなかったのだ。

しかも大きさは先ほどのカイコロモチの実よりも倍近く大きい。オレの腰くらいの高さはあるんじゃないだろうか？

マジマジとその卵を観察していると、先程生まれたばかりのカイコロモチが興味深そうにそれに近づき、糸を吐いてチョンチョンとつついてる姿があった。

「兄ちゃん、リリィ嬢《じょう》。なにか来るぜ」

その時、それまでオレ達と同じく草陰に隠れていたジャックが上を見上げ、呟《つぶや》く。

ジャックのその声に反応し、オレとリリィが上空を見上げた瞬間、それは突如として地上へと急降下してきた。

見た目はオレの知る鷲《わし》そのものだったが、その大きさは段違いであった。

一メートルはある巨大な鷲であり、その鉤爪《かぎづめ》も人間一人を摑まえられるほど大きい。

「！　あれは、ヘルイーグル！」

「ヘルイーグル？」

「鳥系魔物の一種よ。あいつも食べられる魔物なんだけど、あいつは虫の魔物を食べるのよ。主にカイコロモチがその餌食《えじき》になっているから、最近じゃカイコロモチの糸を回収する一番の障害になってるの」

げえええええ！　マジかよ⁉

人間だけじゃなく、魔物も他の魔物襲うの⁉

そんなことを考えている間に、上空から自分たちを捕食するべく他の魔物が向かってくることを察知したカイコロモチたちが、一斉に逃げていく。

って、あいつら思ったより速いぞ⁉

気づくとあの図体の割に恐ろしいスピードで散り散りに去っていった。

なるほど、確かにこれなら人間に見つかった瞬間、すぐに逃げるのも容易だろう。

と思ったが、一匹逃げ遅れているやつがいた。

それは先程生まれたばかりのカイコロモチの赤ん坊。

樹の下にある卵に夢中になっていたせいで気づくのが遅れたみたいだ。

しかも生まれたばかりのせいか、周りに居たカイコロモチたちよりも明らかにスピードが遅く、逃げようとした先にヘルイーグルが先回りしている。

「きゅぃー！」

自らの目の前に降り立ったヘルイーグルの姿を見て、絶叫にも似た鳴き声をあげるカイコロモチ。

そんなカイコロモチ目掛け、近づいたヘルイーグルがその鉤爪を振り下ろそうとする。

だめだ！　見てらんねぇ！　そう思ったオレは気づくとカイコロモチの方めがけて走っていた。

「！　なっ、キョウ！」

背後でなにやらリリィが叫んでいる声が聞こえたが、振り返っている余裕はない。

オレはすぐさまカイコロモチのところまで駆け寄り、その子を背後から抱える。

鉤爪を立てようとしたヘルイーグルの攻撃は、転がりながらなんとか避《よ》けることに成功した。

腕の中に抱えているカイコロモチはオレの顔を見て、「き、きぅー？」と不思議そうに首をかしげていた。

「クェー!!」

「兄ちゃん危ないー！」

再びオレ目掛けて鉤爪を立てようとしたヘルイーグルに、今度は茂みから飛び出したジャックが、体当たりをかます。

が、そんなジャックの体当たりをヘルイーグルは造作もなく躱《かわ》し、勢い余ったジャックはそのままカイコロモチの樹へと激突する。

「がはっ……」

ズルズルっと、どこかのギャグ漫画のように落ちていく、ジャック。

そのまま息も絶え絶えの様子でオレを見上げながら呟く。

「すまねぇな、兄ちゃん……オレ……何の役にも、立てなくて……」

ガクッ。

あー、うん、その、なんだ。本当に何の役にも立たなかったな、お前……。

そんなオレの心のツッコミはさておき、再びヘルイーグルがオレの方へと近づく。

獲物《えもの》を横取りされてかなり腹が立っている様子だった。

けどな、そりゃこっちのセリフだ。

オレはこのカイコロモチに用があって来たんだ！　それをお前みたいな鷲に横取りされてたまるかー！

オレの敵意丸出しの目に相手も気づいたのか、再びその鉤爪を振るおうとした。だがその瞬間、突然目の前のヘルイーグルがその場に倒れる。

「へ？」

思わず間抜けな声を出したオレだが、ヘルイーグルの背後に、剣を抜くリリィの姿が見えた。

「まったくアンタは、せめてアタシが飛び出すまで待ちなさいよ」

「た、助かったー。いやー、さすがはリリィ様。ありがとうございます。

「……で、なんでそいつを助けようとしたの？」

リリィがオレの腕に抱えられているカイコロモチを指差し、問いかける。

「そりゃあ、こいつまでいなくなったら他に糸を吐いてくれるカイコロモチもいなくなるし。それでつい飛び出しちゃって」

「それでって……アンタどんだけ向こう見ずなのよ。普通この世界で魔物を助けようとするやつなんていないわよ」

オレの行動に対し、呆れたように笑うリリィ。

そういうものなのかね？　と思いつつ、オレは腕に抱えていたカイコロモチを離す。

とは言え、こいつが糸を吐いてくれる保証はどこにもないいんだよなー。

やっぱ無駄《むだ》なことしたのかな、と思ったその瞬間。

「きゅー」

そんな甘えるような声を出しながら、オレの腕に絡みつくようにカイコロモチは糸を吐き出す。

その光景をオレだけでなく、リリィも驚いた様子で見ていた。

「し、信じらんない……。カイコロモチが人に向かってこんなに糸を吐くなんて初めて見たわ……これって一体なんなの？」

いや、それはオレが聞きたいほどなんですけど。

お互いに驚愕《きょうがく》した顔で見合っていると、そこに第三者からの回答が与えられる。

「そいつは兄ちゃんに命を助けてもらって感謝してるんだよ。そうやって相手の体に糸を吐いているのは親愛表現だよ」

見ると先程、樹に衝突したジャックが目を覚ましたのか、ふわふわとこちらに近づきながら説明をしてくれた。

「オレへの感謝？」

「ああ、魔物だって恩は感じるものだぜ。そいつは兄ちゃんに助けてもらって、その感謝の印《しるし》として糸を吐いてる。そう言っている……ような気がする」

「気がするだけかよ⁉」

「仕方がないだろう。オレだって他の魔物の言葉が分かるわけじゃないんだからよ」

なんだよそれ！　思わせぶりなこと言うなよ！

「……けど、ジャックの言うこともあながち間違ってないかもよ。ほらっ」

とリリィがオレの足元を指差す。そこには、オレに甘えるように擦《す》り寄っているカイコロモチの姿があった。

無論、その口からは相変わらず糸を吐いてくれており、気づくと足元にモコモコとした絹糸の塊が出来つつある。

「確かに……そうかもな」

カイコロモチの赤ん坊はオレに懐いているようで離れようとしない。これなら、今後この子にオレが使う分の糸を吐いてもらえばいいかもしれない。

そう思ったオレはこのカイコロモチの赤ん坊をうちに連れ帰る決意をする。

「よし、今日からお前の名前はモチだ。お前の命を救ってやった恩返しとして今日からお前にはオレと一緒に暮らして、オレが必要な分の糸を吐いてもらうからな。いいな？」

「きゅー！」

ちょっと恩着せがましいかなと思ったが、案外モチは納得したらしく、色よい返事をしてくれた。

無事に、当初の予定を達成したオレを見ながら、リリィは呆れたように口を開く。

「まったくアンタってよくわかんないやつね。魔物を栽培するだけじゃなく、そうやって懐かれるなんて。アンタ魔物と心が通じ合う才能かなにか持ってるんじゃないの？」

いいや、自分じゃまったく自覚ないのでわかりません。

とは言え、こうして魔物が力になってくれるのはありがたい。

今後は食料だけじゃなく、カイコロモチの絹糸生産で多少は住み心地も良くなりそうだ。

そんなことを思いながら、この場から立ち去ろうとした時、オレはふとカイコロモチの樹を振り向く。

そこには先程見た、あの大きな白い卵が転がったままだ。

「………………」

オレは、その卵が心なしか寂しげにこちらを見つめているように感じた。

今日のオレの目的はあくまでもカイコロモチの糸を手に入れること。

それが達成されたのだから、他には用はないはずだったのだが……。

なぜか、その卵が気になったオレは樹の下に転がる卵の傍《そば》まで近づく。

うむ。結構な大きさだが抱えてみると見た目ほどの重さはない。これならば片腕で抱えれば十分持って帰れそうだ。

そうやって卵を抱えて戻ろうとした瞬間、それを見ていたリリィが思わずと言った感じで止めに入る。

「ち、ちょっと待ちなさいよ！　アンタなにしてんのよ⁉」

「いや、これ持って帰ろうかなって思って」

「は、はあー⁉」

それにはさすがに盛大に呆れかえるリリィ。

「アンタねぇ、それがなんの卵かもわからないのよ？　大きさからしてカイコロモチじゃないだろうし、下手したら危険な魔物かもしれないわよ。それでもいいの？」

それはオレも無論、承知している。

この中に眠っている魔物がなんなのか、現状さっぱりわからない。

けど、そんなに危ない魔物ではないような気がした。確証があったわけではないが、なんとなくそう思った。

「それはもちろん考えたんだけどさ。ここで会ったのも何かの偶然だろう？　放置するよりは育ててやりたいって思うんだよ」

結構、曖昧《あいまい》な理由かもしれないけれど、目の前でひとつの命が放置されるっていうのは、やっぱりなんだか悲しい気がした。

そんなオレの気持ちを汲《く》んでくれたのかリリィも仕方ないといった風に頷く。

「しょうがないわねー。けど、育てるからにはちゃんと責任持ちなさいよね」

「おう、任せとけ」

そう言って胸に軽く拳《こぶし》を打ち付けてきたリリィに、オレは間髪《かんはつ》入れず答えるのであった。

◇　◇　◇

「よいっしょっとー！　意外と重かったな、これー！」

というわけで無事に森から帰ってきたオレは抱えていた卵を小屋の干し草のある場所に置いて、一息つく。

ちなみにオレの足元には森からずっと後をついてきてくれたモチが転がっている。

「お疲れ様、それでまずはどうするの？」

問いかけるリリィに対して、オレは足元で転がっているモチを抱えて答える。

「もちろん！　こいつに糸をたくさん吐いてもらってベッドカバーを作ってもらう！

それで今日からは安眠生活だ！」

「きゅー！」

そんなオレの目的に同調してくれたのか早速とばかりに口から大量の糸を吐いてくれるモチ。

しかも、ただ糸を無造作《むぞうさ》に吐くのではなく小屋の空いたスペースに糸を敷き詰めて、次々と糸を吐いてはそれを絡ませ、何かを作っているようであった。

その手際の良さを、オレもリリィも感心しながら眺めていた。

一時間ちょっと経ったころだろうか。気づくと、そこには白い繭の形状をしたベッドが作られた。

絹糸で作られたそれに触れてみるとマットレスよりも遥かに弾力があり、ふわふわとした感触が気持ちいい。

「うおー！　お前マジか！　生まれたばかりでこんなの作れるのかよ！　すげーぞ、モチ！」

「きゅー！」

どんなものだとばかりに胸を張っているモチ。

それには一緒に見ていたリリィも思わず感心した様子を見せる。

「すごいわね、これ。確かカイコロモチって、自分たちが眠るために繭を形成するって聞いたけど、こんなふうに作るのね」

そこにはわずかに羨望《せんぼう》の眼差《まなざ》しが籠《こも》っているのが感じられた。

ふふっ、そうだろう、そうだろう。なにしろ今日からこれがオレの新しいベッドになるんだからな。

そう思い、早速モチと一緒にベッドに転がる。うお、こいつは柔らかい。

これで、このボロ屋での生活も過ごしやすくなりそうだ。

今度、モチに頼んで糸で服でも作ってもらおうか？

こいつなかなか器用だし、教えれば出来そうとリリィに話した矢先。

「わざわざそんなことしなくても、そいつの吐く糸を売ればお金になるんだから、それで服とか日用品買えば？」

という至極《しごく》もっともな正論を頂いた。

その翌日、オレはモチが吐いた絹糸を売り、それで大量のお金を入手しました。

うん。ザ・なんとか島じゃないんだから、自給自足にこだわらず、買えるものはお金を払って揃《そろ》えよう。そう思いました。

◇◇◇

——あれからしばらく。

「というわけで今度はマンドラゴラを育ててみようと思う」

「マンドラゴラ？　なんでまた？」

リリィは今日も暇なのか、オレのボロ屋に来て机に座って頬杖《ほおづえ》をついている。

こいつ冒険者だよな？　詳しい職業聞いてないけど、こんなところでくつろいでていいのか？

「実はついさっき街の露店《ろてん》でこいつを買った」

オレが机の上にばら撒《ま》いた数個の種を、怪訝《けげん》そうに見るリリィ。

「露店のおっさんが言うには世にも珍しいマンドラゴラの種だそうだ。コレクター向けに売っていたのが売れ残っていたらしく、なかなかいい買い物ができた」

「アンタ、そんなの買う暇あったら先にこのボロ屋の修復したらどうなの？」

そうツッコミを入れるリリィをオレは華麗《かれい》にスルーする。

あれからジャック・オー・ランタンの栽培もうまくいき、今ではミナちゃんのところでいい値の取引が出来ている。

と言っても向こうの経済状況もまだ厳しいらしく、そこまでのお金をオレももらってるわけじゃないが。

だが、幸いモチが定期的に吐いてくれる糸を売ることで、当面この世界で暮らすには十分なお金は手に入った。

そこでオレは新たな事業に手を出そうと思った。

そう、それこそが新たな魔物の導入！

正直、今のままでも最低限生活する分には十分かもしれないが、できることならいろんな挑戦をしてみたい！

せっかくの異世界。せっかくの魔物栽培という生活だ。

最初は魔物栽培とか「ないわー」と思っていたが、やってみると意外と楽しい。

なによりも魔物を育てることでこれまで感じたことのない達成感を得ることができた。

一つには育てた魔物が自我を持った際、オレに懐いてくること。

これが意外と嬉《うれ》しい。まるでブリーダーのような感覚だ。

次に、育てた魔物が美味《おい》しかったと、ミナちゃんから感想を言われること。

汗水たらして育てた魔物が美味しかったと言われるのは、やはり農業やってる人間にはなによりも嬉しい言葉！

そんなわけで、オレはこの世界で、魔物栽培という新たな事業の開拓《かいたく》を成していく！

決意を胸に拳を握るオレであったが、水を差すようにリリィが口を開く。

「どうでもいいけど、マンドラゴラはあんまりおすすめしないわよ」

「なんでだ？　もしかして不味《まず》いのか？」

「そんなことないわよ。むしろ美味しい、どころか、冒険者でも滅多《めった》に見つけられない貴重品よ。実際、ジャック・オー・ランタンの百倍以上の価値はあるわよ」

マジかよ。とんでもない値段じゃねぇかよ。これは育てない選択肢なんてないだろう。

「でも、アンタには向いてないわよ」

「なぜだ？　もしかしてあれか？　抜いたら叫び声で死ぬからか？」

と、オレはここで地球で聞いたマンドラゴラの言い伝えを思い出す。

マンドラゴラ――その根は人型で、地面から引き抜く時に叫び声をあげ、聞いた人物は死に至るというものだ。

ファンタジー世界の定番キャラでもあるマンドラゴラは、やはりこの世界でもそれほど危険なのだろうか？

と思っていたが、リリィは首を横に振る。

「いや、別に叫び声を聞いても死にはしないけど……」

「じゃあ、問題ないだろう。オレはやるぞ。ぶっちゃけ、ここは街から離れた場所だけあって小屋の周りはだだっ広い平野だからな。いくらでも新しい畑を作れるってもんよ」

オレのやる気にリリィの方が根負けしたのか「じゃあ、お好きにどうぞ」と譲《ゆず》る。

一体なにをそんなに気にしているんだ？

◇◇◇

なるほど。わかった。そういうことだったのか。

あれから約三週間、目の前には無事栽培に成功し、成熟《せいじゅく》したマンドラゴラがある。

ああ、もちろんすでに地面から引き抜き済みだ。

その際、叫び声もあげた。が、想像とは異なるリアクションだった。というのも——。

「ひ、ひっく……や、やめてください……ご、ごめんなひゃい、ごめんなひゃい……あ、謝りますから、ゆるひてくだひゃい……お、お願いします。な、なんでも、なんでもしますから、命だけは……こ、殺さないでくだひゃい……」

今オレの目の前では頭に立派な草が生えた手のひらサイズの全裸《ぜんら》の幼女がマジ泣きしながら懇願《こんがん》している。

おい、聞いてないぞ。予想よりもがっちり人型じゃないか。しかも可愛《かわい》らしい。

マンドラゴラって言ったらもっとかろうじて人の顔してるかどうかの不気味な感じで、明らかに魔物っぽいやつだろう。

誰だこんな妖精チックなデザインにしたやつは！

「お、お願いします……もう叫んだりしませんから……殺さないで……殺さないでください……」

しかもこの子、オレに抜かれるや否や絶叫して、その後はずっとこの調子だ。

いやまあ、オレも首落とす気で片手に鎌《かま》持ってたけど、これは予想外すぎる。

「だから言ったでしょう。その子達って基本は無害なの。でも、その子達を見つけるたびに引っこ抜いては殺す冒険者が多すぎて、その子達は人間に対して怯えるようになったのよ」

「な、なあ、素朴な疑問なんだけど、これ殺さないとやっぱ食料には出来ないよな？」

「当たり前でしょう。マンドラゴラは体の部分はとても美味しいけれど頭はそうでもないからね。普通は切り落としてから調理するわ。生きたまま調理とかそっちのほうがえげつないわよ」

おっしゃる通りで。

あかん、そんな会話してたら目の前のマンドラゴラがマジで怯え切った目で泣いてる。

うーん、さすがにこれは無理だわ。

相手が自我もない叫ぶだけの魔物の方がまだマシだったわ。

こんな必死に懇願する、見た目はただの幼女を殺すなんて出来ねぇよ。

リリィが言っていた意味はこういうことか。

「あー、安心してくれ、君を殺す気はない。というかさすがに殺せないっしょ」

そんなオレの言葉にわずかに安心したのか、こちらを窺《うかが》うように見るマンドラゴラ。

「え？　でも、私を食べるために育てたんじゃなかったんですか……？」

「最初はそのつもりだったけどさ、さすがに君の姿を見たらなぁ」

オレだってできることなら殺生はしたくない。

生きるか死ぬかの瀬戸際《せとぎわ》ならともかく、今はそれなりに生活できているわけだし。

「相変わらず兄ちゃんは優しいな。オレならいつでも兄ちゃんの料理になるぜ」

そう言ってオレの頭の上に乗ってくるジャック。

ちなみにこいつに関してはことあるごとに「オレを食べてくれ」とうるさいが、誰がこんな自我しっかり持ったかぼちゃ食べるか。

「あ、あの、じゃあ、私は……？」

未《いま》だに困惑《こんわく》しながらもすがるような瞳《ひとみ》で見つめてくるマンドラゴラにオレはため息と共に宣言する。

「好きにしていいよ。オレは君を殺す気はないし、ここにいたいならそのまま畑に住んでていいよ」

オレのその答えにマンドラゴラは今度は嬉しさから涙をこぼして何度も必死にありがとうと言ってくる。

別に感謝されるようなことはしていないんだが、どこかこそばゆい感じがして照れる。

そんなオレの後ろにいたリリィにはこうなることが分かっていたのか、苦笑しているのが雰囲気で伝わってきた。

◇◇◇

それにしても分かってはいたけど変なやつね、あいつ。

そんなことを考えながら、アタシはキョウの小屋から街へ戻り、家への帰路《きろ》についていた。

あの時も急に街の丘に現れたかと思ったら魔物を栽培しだして、挙句《あげく》の果てにちゃっかりうまいこと育ててるし。

普通、魔物を育てるなんて人にはできないことなんだけど。

前にも何人かの人間が魔物を育てようと試したことがあるとは聞いていた。

実際、狩りに行くよりも栽培できるのならそっちのほうが簡単なのだから。

けれど、誰ひとりとして成功した人物はいない。

魔物達は自然発生でしか生まれないのだ。

そこに人が介入すれば生まれなくなる。

おそらくあいつにマンドラゴラの種を売った商人とやらも育つはずがないと確信していただろう。もともと稀少な魔物の種はコレクション以外の用途などないのだから。

なにより、魔物は人が狩るべき標的《ひょうてき》。

魔物はこの世界における食料であり、資源であり、あらゆる日用品の原料ともなる。

けれど最近はそれが行き過ぎてる気がする。

それを証明するかのように、『六大勇者』を筆頭《ひっとう》にした魔物討伐の旗《はた》が世界各地に掲げられて、必要以上の魔物を乱獲《らんかく》していると聞いている。

問題はその『六大勇者』がキョウの存在を知った時、どうするかだ。

ただの警告ならいいが、もしもキョウの命を問答無用で狙《ねら》おうとするのなら……。

ここ最近、キョウとは少なからず行動を共にすることが多くなった。

ジャック・オー・ランタンの時や、この間のカイコロモチの件でも。

成り行きとは言え、同盟を締結した仲ではある。

実際に色々と魔物を分けてもらい、ある意味、パートナーと言っていい存在かもしれない。

そんなあいつが危険に巻き込まれるのはやはりいい気はしない。

アタシの手が届く範囲《はんい》でなら、守ってやろうと思う。

でも、あいつって時々わけのわからないことを口走るのよね。

異世界がどうだとか属性がどうだとか、あとアタシのことを暴力ヒロインって呼ぶのはやめてほしいわ。

そりゃ確かに最初は襟首摑んでちょっと乱暴をしたけど、アタシは基本的にそんな他人にむやみやたらに手を出したりしないわよ。

元はと言えば、あいつがキラープラント育ててる現場を見たからだし。ちゃんと正当性はあるはずよ。

最近はリリィって呼んでくるから別にいいけど。

それにしてもマンドラゴラの件はやっぱりというか想像通りのオチだったわね。

あいつ自覚あるのかどうか知らないけど、意外と甘ちゃんなのよね。

アタシが会いに行くたびに、収穫出来た魔物の半分を律儀《りちぎ》にお土産《みやげ》としてくれるし。

ミナの件に関しても、事情を聞いたら相場よりも低い値段で取引に応じてくれたし。

ミナのところに持ち込まず、どこか他の食堂に持っていけばそれなりの報酬《ほうしゅう》を得られたはずなのに。

なんていうか、世情に疎《うと》いのもあるんだろうけど、あいつがいい奴だっていうのはなんとなくわかってきたわ。

少なくとも人助けに関しては、しないよりはしたほうがいいと思ってる感じだし。

まあ、今回のマンドラゴラの件も当然と言えば当然の結果よね。

けどあいつ、あのマンドラゴラも敷地内で飼うのかしら？

すでにジャックとかいうランタンとカイコロモチがいるのに。

あとついでに未だ孵化《ふか》してない謎《なぞ》の卵とかもどうするのかしら？

と、そんなことを考えていた時だった。


「で、その話は本当なんだろうな？」

「ええ、間違いありません。あっしからその種を買い取った小僧がどうも栽培に成功したらしく」


ん？　今なんか聞き捨てならない会話があったような。

思わず足を止める。

見るとそこには路上販売している怪しげな商人とガラの悪そうな冒険者集団がいた。

「マジでマンドラゴラの栽培に成功したのか？」

「ええ、遠目だったんでわかりにくかったですが、マンドラゴラの特徴である青い大輪の花、それが確かに見えました。あれは間違いなく成功していますよ」

「マンドラゴラと言えばこのあたりじゃ滅多に出没しないタイプの魔物じゃないか。しかも、連中は泣き叫ぶだけで事実上無害で狩り取れる。そのくせ報酬はバカみたいに高いからな。こいつは奪うのに異論はねぇぜ」

「へへ、旦那《だんな》方。この情報はまだあなた達にしか売っていませんから」

「ああ、わかってるぜ。こいつは報酬だ。こっちはそれ以上の金が手に入るからな」

「へい、ありがとうございます」

そう言って男たちから金を受け取る商人。

ガラの悪い連中はそのまま街の外れにある丘の方角へと歩いていく。

見るとすでに日も落ちかけて夕暮れ時。

連中がキョウのいる小屋へ向かうとするなら恐らく夜。

アタシはゆっくりと振り返り、日暮れに溶け込み気づかれないように連中の後を追った。

◇　◇　◇

「あの、本当に私を食べないんですか……？」

あれからマンドラゴラの少女、面倒くさいのでドラちゃんと呼ぼう。決して青くて丸いやつを連想してはいけない。

ともかくドラちゃんは庭の端っこでちょこんと体育座りをして、土いじりをしているオレをぼーっと見ていたが、本当にオレが何もしないと気づいたのかだんだんと距離を詰めて最終的には足元をウロウロしだした。

危うく踏みそうになって大変だった。

その際、空中を浮遊していたジャックのやつと頭がぶつかったが、それはいい。

「本当にそんな気はないから安心していいよ」

今は小屋の中にあるテーブルの上に座って会話を交わしている。

「でも、あなたは私を食べるために育ててくれたんですよね？　なのに私は自分が死にたくないからってあなたが育ててくれた恩を仇《あだ》で返すようなことを……」

ああ、なんていい子なんだ。

この子の考えが最初に育てたキラープラント共に少しでもあれば。

とそんなことを思っていると、奥の干し草の中に置いていた例の巨大な卵がコロコロと転がってオレの足元にくっ付く。

実はここ最近、卵がこうして動くことが多くなった。

最初は朝起きたオレの隣に卵が移動していたことから始まった。

ジャックあたりが動かしたのか？　とも思ったがそうではなく、ある日、オレの足元に向けてコロコロと移動する様を見たのだ。

まだ孵化する様子はないのだが、どうやら卵の状態でもこちらを認識しているらしく、よくオレに甘えようと近づいてくる。

最初は卵がひとりでにコロコロと転がる光景に驚いたが、今ではむしろ可愛いやつだと思えてきた。足元に転がる卵を撫《な》でる。

「そういえば君もなにか食べるかい？　今はかぼちゃ料理しかないけど」

「あ、いえ、私、基本は土と光とあとは少しの水さえあれば十分生きていけますので」

さすがは植物と言ったところか。

久しぶりに雑談を交えながらの楽しい夕食を過ごしていたら、

「兄ちゃん」

「なんだよ、ジャック。言っておくけどお前も煮込むつもりはないからな」

「いや、そうじゃねぇ。なにか嫌な予感がするぜ」

ジャックが言うと同時に、オレの足元で転がっていた卵もなにやら小刻みに震え出す。

今までもコロコロと転がることはあったが、こうして卵全体が震える現象は初めてだ。

それはまるでなにかを警告するかのようだ。

オレは咄嗟《とっさ》に椅子から立ち上がってドアの方を見る。

その瞬間、ドアを蹴破《けやぶ》って複数のガラの悪そうな連中が押し入ってくる。

ってあああ！　ただでさえボロかったうちのドアにトドメ刺すなよー！

「よお、兄ちゃん。兄ちゃんが最近巷《ちまた》で噂《うわさ》になってる魔物の栽培士かい？」

え、なにオレすでにそんな有名になってるの？

その時、連中のひとりがオレの背中に怯えるように引っ付いてるドラちゃんを発見した。

「兄貴！　見つけやしたぜ！　確かにマンドラゴラです！　あの男の背中に張り付いてやがります！」

「ほお、こいつは驚いた。そいつ、色といい艶《つや》といいかなりの極上ものじゃねぇか。こりゃどこで売っても大金が手に入るぜ」

なにやらゲスイ笑みを浮かべるゴロツキ共。

格好を見るに冒険者なんだろうけど、もう言動が完全にゴロツキです。

「おい、兄ちゃんそいつをこっちによこしな。そうすればアンタには何もしない。なんだったら、いくらか金を渡すぜ。どうだ？」

そのゴロツキリーダーの発言に、ドラちゃんが怯えて背中越しに震えているのが伝わる。

まあ、普通に考えて、こいつらの提案を断れば間違いなく連中が持ってる武器がオレ目掛けて飛んでくるわな。

普通ならここでドラちゃんを渡すのが正解だろう。普通なら。

「断る。というかなに人様が育てたものを勝手に横取りしようとしてんだ。それ完全に泥棒《どろぼう》行為だろう。誰がこの子をお前らなんかに渡すかよ！」

背中越しにドラちゃんが驚いているのがなんとなく感じられた。

そりゃな、今日知り合ったばかりの他人のオレがそこまでするなんて思うはずはないよな。

けど、別に今日知り合ったわけじゃねぇんだよ。

オレはこの子が生まれる前、種の状態からこの子を知ってる。

地面に植えて、それはそれはもう大事に育てたんだぞ。

マンドラゴラは他よりも成長が遅くて、芽が出るのも遅かった。

一時期は失敗したかと諦めたが、持ち込んだ萌え植物図鑑を片手に周りに新しい堆肥《たいひ》を植えたり、定期的に水をやって管理もした。

周りの雑草抜いたりもしたし、とにかくこの子は本当に手がかかった！

だからその分、育てた時の情は人一倍だし、成熟した時はマジで嬉しかった！

ぶっちゃけかなり感情移入してるとも！　誰が見ず知らずのお前らなんかに渡すか！

「そうかい、なら残念だ」

オレの返答を聞いて臨戦態勢を取るゴロツキ共。

オレもすぐそばに置いてあった錆《さ》びた棒を装備するが、ぶっちゃけ勝てる気がしない。

レベルや能力に関して言えば、この世界に飛ばされてから1ポイントも上がっていない自信がある！

そんなオレよりも遥かに格上で、魔物とかもたくさん倒しているだろうゴロツキ集団。

あ、これ今度こそ詰んだな。

だが隣では、ジャックがゆっくりと浮遊し、奥からは隠れていたモチがゴロツキたちに威嚇《いかく》の声を上げながら出てきて、足元で震えていた卵までもオレを守るように前に出る。

　こいつらがここまでやる気なんだ、ならオレもやるだけやって隙《すき》をついて逃げ出してやろうと決意したその瞬間。

　目の前でニヤついていたゴロツキリーダーが、ゆっくりと前のめりに倒れていく。

　ホワイ？　見ると周りの連中もオレと同じように驚いている。

「もしやと思って来てみたけど、やっぱりそうだったようね」

　そこには扉の前に佇《たたず》むリリィの姿が！

　リリィ様！　ありがとう！　リリィ様！　来てくれてありがとうございます！

　ピンチのヒロインの現場に颯爽《さっそう》と現れるヒーローです！　うん、間違ってない。

「てめえ！　どこから出てきやがった！」

　そんなリリィに対して一斉に襲いかかるゴロツキ共。

　さすがにあの数相手じゃリリィも不利か？　オレも手伝おうかと棒を持ち直したが、

「いいから三下共はすっこんでなさい」

　剣姫一閃《いっせん》。そう言っていい鮮やかなひと振りと共にリリィに襲いかかった連中が全員倒れる。

　呆気《あっけ》にとられるオレをよそに、リリィはどこも怪我《けが》をしていないオレを見てほっとしたように息をつく。

「こいつらはアタシが兵士詰所に連行しておくから、アンタは気にしなくていいわよ。

アタシの兄貴に任せればもうこんなこともできないようになるだろうから」

そういえばこいつの兄貴は兵士だったな。

それなりに地位があるんだろうか？　まあ、任せておけば大丈夫というので、そこのところは深く追及しないが。

去り際、こちらをちらりと見たリリィが口元をほころばせて呟く。

「さっきのアンタの啖呵《たんか》、外まで聞こえていたけど……ちょっと見直したわよ」

それだけ言って複数のゴロツキを縄で引きずったまま出て行く。

さっきの啖呵？　少し考えて思い当たるのは、さっきのドラちゃんを渡さないってあれのことか。

いや、そりゃそうだろう。誰が汗水たらして育てた子を簡単に他人にやるかっての。

オレは背中に張り付いていたドラちゃんを手に取り、机に座らせる。

しばらくさきほどの騒動のショックで呆然としていたが、やがて安堵《あんど》したように体の力を抜いたかと思ったら、次の瞬間泣き出した。

「ってえええ、なんで泣いてるの、ドラちゃん？」

「だ、だって、わた、私なんかのためにキョウさんがわざわざ命をかけてまで守ってくれて……！　そ、それが嬉しくって、でもなにも返せない私が恥ずかしくってそれで……うわ〜ん！」

うーん、なにやらいろんな感情がこみ上げて涙が溢《あふ》れているようだ。

そんな深く気にしなくてもいいのになー。オレがこの子に愛着持つのは育てたもののサガというか。

ドラちゃんは、なにやら必死に涙を拭《ぬぐ》ってこちらを見上げる。

その目には決意という二文字が宿っていた。

「決めました。私、キョウさん、いえご主人様にずっと尽くしていきます！」

「はい？」

「ご主人様が望むなら、わ、私を、食べてもらうのもいいです！　この命、思えばご主人様に育てられた身、そしてさきほどの命をかけてまで私を守ってくれた恩、これに報《むく》いることができなければ私のマンドラゴラとしての生に意味なんてありません！　ご主人様！　ご主人様が望むなら私はなんであろうとあなたに差し上げます！　どうぞこの身を召し上がってください！」

そう言って半日前とはまるで正反対の宣言を行う。

というかその言い方、色々と危ないんだが。いや間違ってはいないし、意味としてもまさしくそのとおりなんだけど。

ともあれ、気づくとオレの異世界での生活はオレを主人と慕《した》うマンドラゴラと、同じくジャック・オー・ランタンとカイコロモチ、それからいまだ謎の卵も一緒にそばに引っ付くこととなりました。

これもハーレム……と言えなくもないのかな？

MONSTER
DATA
-001-
マンドラゴラ
《価　値》★★★★☆
《性　格》人見知りが激しく臆病
《危険度》F
幻の霊薬とも呼ばれる生きた効能薬。
味も絶品だが、数が少なく稀少。
ジャック・オー・ランタン
《危険度》E
《価　値》★☆☆☆☆
《性　格》紳士的
食用魔物の代表のひとつ。かぼちゃ型の
魔物で中身の実は全て食べられる。
カイコロモチ
《価　値》★★★☆☆
《危険度》F
《性　格》大人しい
白くて大きなイモムシ。
自分から人を襲うことは滅多にない。

第三章　コカトリスを育てよう

詰んだ。今度こそ心底そう思った。


その日、オレはいつもと変わらずボロ屋の庭で農作業に勤《いそ》しんでいた。

ちなみに前回壊れたドアについては、新たに栽培《さいばい》を開始した魔物たちを売って修理しました。

その新たな魔物のひとつは、デビルキャロットと呼ばれる人参《にんじん》型の魔物。

このデビルキャロット、抜くと人参に手足が生えてて、バタバタ動いて可愛《かわい》い。

リリィいわく生まれたてはそれほど凶暴ではなく危険度も少ないので、新米冒険者の相手にいいそうだ。

こいつもジャック・オー・ランタン同様すぐに育ち収穫《しゅうかく》をした。

その後、いつものようにミナちゃんのところで取引をしていたのだが、その場面を街の人に見られたみたいで、帰り道いきなり知らない男に声を掛けられた。

その時は魔物を育ててるってことで因縁《いんねん》をつけられるのかと思ったが、逆だった。

その男は商人らしく、最近仕入れが悪いので、うちにもいくつか魔物を売ってくれないかと話を持ちかけてきたのだ。

でまあ、ジャック・オー・ランタンにデビルキャロット、それからカイコロモチの絹《けん》糸《し》と、向こうさんも質の良さにだいぶ驚いて、交渉は成立。

おかげでオレの手持ちも増えて、ボロ屋の修理を頼めるほどになった。

その代わりと言ってはなんだが、オレの噂《うわさ》が街中で囁《ささや》かれるようになった。

時折、街で質のいい魔物や糸を取引している奴がいると。

中にはその噂を聞きつけ、この丘まで魔物を買い取りたいと言ってくる人達も現れた。

特に断る理由もなかったんで、そうした人達とも取引をしていたが、その現場を見ていたリリィがなにやらオレに警告をしてきた。

「アンタね、あんまり目立つ真似《まね》はしないほうがいいわよ。下手するとアンタの魔物栽培を利用しようとする奴や、もっとタチの悪い奴が嗅《か》ぎつけてくる事もあるんだから」

そんなアドバイスを受けて、今では数人に絞って取引を行っている。

とは言え、取引相手も増えたことで以前にも増して多くの魔物栽培が求められている。

最近では最初に失敗したキラープラントも育てている。

だが、こいつらが地味に厄介《やっかい》だ。

成長するとやっぱりこっちを襲って来るし、それでなくとも隣のかぼちゃに喧嘩《けんか》を売っている。

ひどい時なんか、かぼちゃとプラントの抗争で畑が荒れた。

ちなみに今もかぼちゃとプラントが庭の端で喧嘩をしている。

「おいおい……お前ら、いい加減にしてくれよ」

そう言って遠目から二種類の魔物を仲裁《ちゅうさい》するものの、素直に従うはずもなく、プラントがランタンに噛《か》み付いたかと思うと、そのままランタンがプラントに頭突きをしてはを繰り返している。

「なぁに、気にしなさんな。兄ちゃん、あれはあれでじゃれあってるだけさ」

そう言ってランタン達の古参《こさん》にもなるジャックがオレの頭の上で印象を語る。

まあ、いつものことだからオレもそろそろ慣れてきたけどな。

一方のモチやドラちゃんは穏やかな性格でいつも仲良しだ。

昼間は木陰で眠っているモチの頭の上でドラちゃんも丸くなって眠っている。

ちなみに例の謎《なぞ》の卵の方も小屋の干し草の中で眠っている。

たまに小屋の中から壁をゴンゴンと叩《たた》きつける音がするが、そういう時は決まって卵がオレを探して回っている時だ。

そんな時はドアを開けてやると、オレの足元に転がってきて静かになる。

なんかもう、卵の状態ですでに愛着《あいちゃく》が湧《わ》きつつある。

そんなこんなで今日も畑仕事に精を出そうとしたその時だった。

「貴殿だな。最近ここで魔物を栽培している人物というのは？」

なんか気づくと、複数の兵士達に取り囲まれていた。

「ちょっと来てもらおう。我が街の領主殿がお呼びだ」

◇◇◇

「ようこそ。まあ、あまり緊張せずそちらにある椅子《いす》にでも座ってください」

そう言ってオレの前に座っているのはこの街の領主である男性。

詳しい年齢は分からないが恐らく二〇代後半か三〇代前半くらいか？　意外と若い。

「今日、君を呼んだのは君が行っている魔物の栽培について話があるからだ」

来たよ。やばいよ。これ絶対、君がやってることは法に反してるとかで処罰《しょばつ》されるパターンや。それでなくともこの街から追い出されそう。どうしよう。

「実は君について街で様々な意見が出ていてね。曰《いわ》く魔物を栽培している危険な人物がいるから追い出せと」

ですよねー。

「だが、その一方で君を擁護《ようご》する声もある。君が育てている魔物達が食料、日用品としてかなりの高級品として取引されていると。まだ街に害を及ぼしたわけではないのだから追い出す必要はないとね。正直、私としては判断に困っている。そこでだ、君に頼みがある」

「コカトリスが玉子《たまご》を産むよう調教できないだろうか？」

「頼み……なんでしょうか？」

「はい？」

思わず素で聞き返してしまった。コカ……なんだって？

「実は先日、コカトリスを捕らえたのだが、そのコカトリスが玉子を産まなくて困っている。通常、コカトリスの玉子というのは連中の巣から奪ってくるのが基本だ。だが、最近は我が地方でのコカトリスの数が減ってきていてね。そこで魔物を栽培している君にならこのコカトリスも玉子を産むようにしてもらえるんじゃないかと考えたんだ」

「えーと、捕まえてきたのなら放《ほう》っておけば自然と卵を産むんじゃないんですか？」

「いやいや、そういうわけでもないのだよ。なぜかコカトリスは人間に捕らわれると途《と》端《たん》に玉子を産まなくなる。その後、こちらが差し出す餌《えさ》も食べずにそのまま餓《が》死《し》してしまうんだ」

へえー、そうだったんだ。敵に囚《とら》われて辱《はずかし》めを受けるくらいなら死を選ぶってやつ？　あの鶏《にわとり》の魔物ってそんなに誇り高かったの？

「なんとかできないだろうか？　コカトリスの玉子を生産できるとなれば我が街にとって大きな利益となる。無論、成功すれば君にもそれなりの報酬《ほうしゅう》を支払おう」

「なるほど。ちなみに断ったら？」

「おや、そんなこと答えなくてもわかるはずだろう？　街に貢献出来ないというのなら君の存在は不要。即《すなわ》ち、街から追い出せという民衆の意見を私は取り入れるまでだ」

腹黒という文字が見えるほどのどす黒い笑みを領主さんは浮かべていた。

うん、受ける以外の選択肢はないね。


とまあ、そんな感じでコカトリスを引き取ってまいりました。

まあ、これまでの魔物栽培に比べれば、卵を産ませるだけなんて楽勝でしょう！

その時のオレはそう楽観していたのでした。

しかし、改めて見るとこのコカトリス、外見はまんま地球にいる鶏だな。

ただ尻尾《しっぽ》からは蛇《へび》が生えており、胴体部分には翼《つばさ》のようなものも生えている。

よくゲームやマンガで見るコカトリスの姿そのままだ。

しかし大きさに関しては普通の鶏の倍以上は大きい。

なお、先程から檻《おり》越しに威嚇《いかく》されており、こうして見ると鶏って迫力あるんだなと思う。


「ご主人様、この子どうしたんですか？」

と、オレが帰ってくると昼寝から目が覚めたのかドラちゃんがてくてくと歩いてきてオレの肩に飛び乗ってくる。

「色々あってここで育てることになった。卵を産ませればオレはこのままこの街に住んでもいいんだが、出来なかったら……追い出されるかも」

「え、ええー!?」

さすがにドラちゃんも驚いている。

ま、まあ最悪の事態はあまり想定せずに前向きに行動しよう!

「というわけでまずは餌付《えづ》けだ。食え、鶏よ」

鶏の前にうちで育てた魔物を並べるが、見事にシカト。

うーむ、こいつは思ったよりも手ごわいかもしれん。

というわけであれから二日。

街に繰り出して色々な食材を買っては目の前に並べてみたりもしたが、どれもまるでダメだった。

仕方ないのでリリィと一緒に近くの洞窟《どうくつ》に入って巨大ミミズまで倒して与えたもののこれもダメだった。

「さすがのアンタでもそいつの扱いは難しいんじゃない? コカトリスって人間に捕られるとそのまま名誉の死を選ぶ誇り高い種族らしいわよ」

「あー、やっぱりかい」

とは言うものの本当に困った。水も差し出しているんだが、警戒しているのか尻尾の蛇の部分がチョロチョロと飲むばかりで、餌には見向きもしない。

餌を摂《と》らないせいで、栄養が足りず卵も産めないのだと思う。

逆に言えばこの子が何かを食べてくれれば、それで卵も産んでくれると思う。要は餌付けに全《すべ》てがかかっているんだ。

「そういえば、こいつが産む卵ってどんななんだ？」

ふとその時、疑問になってリリィに聞いてみた。

前にカイコロモチの樹を見た時、すべての魔物は樹から生まれると聞いた。

樹に出来た実が卵のように大きくなり、それが地面に落ち、その卵からその魔物が生まれると。

ならば、こうしたコカトリスが産む卵とは一体なんだろう？

「卵じゃないわよ、そいつらが産むのは『玉子』よ」

ん？　どういうこと？　なんか微妙にニュアンスが違うような。

「そいつらが産むのは樹で例えるなら果実とかと一緒よ。食料のための玉子であって、樹になる卵とは違うの。そこから何かが生まれることはないわ。コカトリスたちは自分たちの体内でそうした食物を作れる特殊な魔物なのよ」

へえー、なるほど。つまり卵と玉子は違うわけか。勉強になった。

「それはそうと、アンタひょっとしたら領主様にハメられてるのかもしれないわよ」

「というと？」

思わぬリリィからの発言にオレは理由を詳しく聞く。

「領主様は多分アンタを追い出せっていう街の意見に賛成してんのよ。口や表情じゃそれを出さないでしょうけど。とは言え、まだ害を与えてもいないのに追い出してはミナとか一部の住人の反感を買う。そこで今回の件を口実にしようって腹じゃないの？」

「……つまり最初から無理難題を吹っかけていると？」

確かにその可能性は高い。

だが、だからと言って素直に負けを認めて引き下がるわけにはいかない。

相手がそのつもりなら正面から受けて立つまで。

なにより街の人達にオレという存在が害ではなく、利益として役に立つことを見せられれば、誰はばかることなくここに居座れるというもの。

そのためにもなんとしてもこのコカトリスのご機嫌《きげん》を取らなければならない。

「……外に出すか」

「ち、ちょっとアンタ、本気なの？」

「これも信頼関係を築いて距離を縮めるためだ！　よく考えればどの世界に檻に閉じ込められたまま好感度を上げられる人物がいる？　まずは自由にしてそれからスキンシップが常識だろう！」

「自由にした途端、アンタ嚙まれるわよ」

ごもっとも。

「というかコカトリスの危険度ってどんなもんなんだ？」

「危険度はDランク。この前、アタシが倒したヘルイーグルがEよ」

　ということは今までオレが知る中で一番ランクが高いということになるのか。

　しかし、実際はどのくらいの強さなんだろう？

「Dランクまでが、初級冒険者がギリギリ相手できるレベルね。といっても五～六人のメンバーでパーティを組んでという前提だけど」

「ふむふむ。じゃあ、それ以上になると？」

「Cランク以上からはレベルが違うわ。そのランクを相手にするなら中級以上の冒険者でないと文字通り危険よ。特にBランク以上の魔物は単独で戦うには危険すぎる。それこそ上級冒険者でもないと相手するのは難しいの」

「ほー、なるほど。ちなみにリリィってどれくらい強いんだ？」

　その時、ふと気になって聞いてみたが、

「……まあ、アンタが思ってるよりは強いわよ」

　という実に曖昧《あいまい》な返事であった。まあ、こいつは下手に見栄を張るようなやつでもないし、ひょっとしたら上級クラスなのかもしれないな。

「ちなみにそのBランク以上ってのはどんな魔物がいるんだ？」

「主に小型のドラゴン系かしら？　ワイバーンなんかが、その代表ね。他にもその地域を支配する魔物のボスだったり、様々よ。Aランク以上からはドラゴンみたいな強力で凶暴な奴らが認定されてるわ」

　つまりはCランク以上はRPGで言うところのボス敵レベルの魔物ってことか。

聞く限り、オレじゃあ出会ったら瞬殺されそうだし、Cランク以上の魔物とは会わないように祈るしかないか。

けどまあ、コカトリスくらいのランクならギリギリ大丈夫そうだし、いざとなればリリィがなんとかしてくれるだろうというダメ思考が働いている。

他に方法が思いつかないオレはリリィに言って、一度コカトリスの様子を見るためにも外に出したいと頼む。

「……まあ、アンタがそこまで頼むなら仕方ないわね」

彼女はやれやれといった感じで同意してくれる。

そうして、オレは檻の扉をそっと開け、コカトリスを自由にする。

檻から出たコカトリスはトボトボと外に出てうちの庭をじっと見つめる。

うむ、心なしか衰弱《すいじゃく》している気がする。

本体の鶏も最初に見たときよりも明らかに元気がないし、今ではほとんど叫ばなくなった。見ると尻尾の蛇なんかぐたーっとしてる。

というかこれ蛇の方がヤバくないか？　明らかに弱ってる様子だし、そのせいで鶏の部分も……。

「んん⁉」

今、ちょっとある可能性に気づいてしまった。まさかとは思うがこいつ。

いやだが、もしその可能性があるとするのなら、試してみる価値はある。

「リリィ、ちょっと手伝ってくれないか。今からある魔物を捕りに行きたいんだ」

「今から？　別にいいけど、多分なにをやってもこいつは食べないと思うけど」

「いや、今までとはやり方を少し変える。まあ、見てろって」

そう言ってオレはリリィと、ある物を求めて再び洞窟へと急ぎ赴《おもむ》く。


「し、信じられない……た、食べてる……」

目の前でオレ達が獲《と》ってきた餌をガツガツと食べているコカトリスを見て、リリィが信じられないという表情をする。

うん、分かるぞ。その顔には二つの驚きがあることを。

一つは無論、このコカトリスが人間から与えられた餌を食べていること。

そして、もう一つは。

「なんてことはない。コカトリスは別に誇り高い魔物ってわけじゃなかったんだ。ただ、オレ達がこれまで餌をやっていたのがこいつの〝尻尾〟の方で、しかも餌の種類がまるで違っていたからなんだよ」

今コカトリスが食べているのはベビーラットと呼ばれるネズミ型の魔物。

それをガツガツというより一口で飲み込んでいってるのはコカトリスの蛇の部分。

そう、鶏型の魔物と思われていたこのコカトリス。

本体はどうやら蛇の方だったみたいだ。

前にとあるファンタジー小説でコカトリスの生態について似たような説明がされていたのを思い出したのだ。

コカトリス、およびその上位種族であるバジリスクは蛇の王と呼ばれる蛇種族の魔物。

つまりこいつらは鶏型ではなく、蛇型の魔物だったのだ。

そして蛇の主食はご存知ネズミ。

そりゃ、いくら鶏が食べそうな食材与えても食べるわけはないよなー、本体が蛇なら。

思えばその兆候《ちょうこう》は前からあった。水を飲む際に蛇の部分が飲んでいたのは警戒してのことではなく、そちらが本体だったのを示していたのだ。

なんにせよ、こちらが用意した餌に満足したのかありがとうとばかりに鳴き声をあげるコカトリス。

うむ、こいつ意外と餌付けすればちゃんと懐《なつ》くんじゃね？

ともかくこれで明日の朝には玉子を産んでくれるだろうと期待を膨《ふく》らませた。

◇　◇　◇

「というわけで領主様。コカトリスの玉子、この通り産ませることに成功しました」

と言ってオレは領主のテーブルの前にドカンと籠《かご》にいっぱいの玉子を置く。

それを見て、領主の周りに待機していた使用人達が感嘆の息を上げるのが見えた。

「ほお、素晴らしいですね。まさか本当にコカトリスの玉子を産むよう調教を仕上げるとは」

領主は感心したように籠から玉子を手に取り、それを満足げに眺める。

「いいでしょう。では、約束通りあとであなたの家の方へ報酬を届けにあがります。あ、ボロ屋に関してもこのまま住んで構いません。あそこは昔に廃棄《はいき》された小屋ですから。それとコカトリスの方も、よければあなたの方で引き続き管理、飼育をしてもらってもよろしいでしょうか？　定期的に玉子を産んでくれるのなら私の方でそれを買い取り、街への貢献《こうけん》に当てましょう」

「いいんですか？　じゃあ、それでお願いします」

どうやら無事に領主からの依頼を達成できたようで、これでしばらくはこの街に滞在しても文句は言われなそうだ。

そう思いほっと一息をついて部屋から出ようとした時。

「キョウさん」

「はい？」

「正直、あなたの扱いについては冒険者ギルドの方でも手を焼いているようなのです。魔物を栽培する力、それはあなたが思っている以上に危険であり、同時にこれ以上ないほどに貴重。彼らの中でも意見が二分されるほどにね」

「？　は、はあ？」

いきなりなにを言い出すんだろうこの人は。唐突すぎてさっぱり話についていけない。

そんなオレの反応を楽しんでいるのか、笑みを浮かべたまま領主は続ける。

「いずれにしても、これであなたの魔物栽培の実績は知れ渡るでしょう。まだ街の人達全員が納得するほどじゃないでしょうが、こうした街への貢献を続けていけば、やがて誰もあなたの魔物栽培に文句を言わなくなるでしょう。どうぞ今後とも頑張ってください」

そう言って領主はオレを見送った。

廊下を歩きながら、オレは領主のセリフを思い出しつつ考える。

ひょっとして、今回の件。むしろ逆だったのか？

オレを追い出そうと無理難題を吹っかけたのじゃなく、オレが持つ魔物栽培の能力が街への貢献に繋《つな》がる証明の機会を与えたってことなのか？

先ほどのよくわからない忠告についても、何かがオレという存在を狙っているとの警告だったのではないのか？

うーむ。よくわからんが、少なくともオレは今までどおり魔物栽培を続けていいってことだよな。

よし、なら次はもっと街の皆の度肝《どぎも》を抜くような発見と栽培をしてやるぜ！

そう新たに決意を固め、オレは魔物たちの待つボロ屋へと帰っていくのだった。

◇　◇　◇

そして、次なる事件はオレが予想するよりも早く訪れた。

「マジか。マジか。夢じゃないよな。これマジだよな」

呪文《じゅもん》のように同じことを呟《つぶや》きながら、何度もそれを確認する。

いま、オレの目の前に拳大《こぶし》の宝石が転がっていた。

話は少し遡《さかのぼ》る。

領主様からの依頼でコカトリスの玉子を産ませることに成功したオレは、報酬として宝石《ほうせき》をもらった。

なんでもワイバーンの体内から取れたという非常に珍しい宝石なのだそうだ。

この世界、実は宝石などといった貴金属も魔物から取れるらしい。

領主いわく、それはゴーレムの体内や、ワイバーンなど竜の体内で生成され、彼らを倒すことで宝石を取れるという。

どういった原理で魔物達が体内で宝石を生成しているのかは不明だが、こうした宝石や貴金属は高い値段での取引がされているという。

特に今回オレがもらったような、形がまったく崩れていない拳大の大きさの宝石は極めて珍しいとのこと。

これを売ればオレの生活は一気に改革！　ボロ屋を一軒家《いっけんや》に建て替えることも余裕で出来るお金が手に入る！

うおおおお！　神様！　魔物様！　領主様！　本当にありがとうございます!!

異世界で、遂《つい》にまっとうな暮らしを得るチャンスがきましたー！

と、そんな風にオレが宝石を持ってはしゃいでいると、扉が開きリリィが入ってくる。

「キョウ、ちょっといいかしら。あのコカトリスの玉子なんだけど、よかったらまたアタシにも譲って……ってアンタそれなに？」

目ざとくオレが持っている宝石を指差すリリィ。

くっ、できるならさっさと金に替えるつもりだったが致し方あるまい。

「この間のコカトリスの件で領主様から依頼料としてもらったものだ。なんでもワイバーンの体内から取れた宝石だそうだ」

「マジで？　でも確かにこれ……ワイバーンの宝石だわ。すっごい！　こんな完全な形の宝石初めて見たかも！」

そう言って興味深そうにマジマジと宝石を観察するリリィ。

こいつがここまで興味持つなんて珍しいな。

まあ、女性は宝石や貴金属に弱いと聞くし、こいつもそんな感じなんだろうか？

そう思っていたら、いつの間にかリリィの手がオレの持つ宝石に伸びていた。

「ね、ねえ、ちょっとでいいから、それ触らせてくれない？」

「え、いや、申し訳ないけど、これ今すぐに売りに行くつもりだから」

「へ⁉　あ、アンタそれ売るつもりなの⁉」

「当たり前だろう！　売らずして何に使うと言うんだ⁉」

「普通、鑑賞用に取っておくものでしょう⁉　それだけ完璧《かんぺき》な形で残ってる宝石なんて滅多にないのよ！　芸術的価値も高いんだから、売るなんてダメよ！」

「ならなおさら売るべきだろう！　絶対にその分、価値があるんだろうから！　止めてもオレは行くからな！」

「だ、ダメよ！　せめて売るならもっとしかるべき場所でしかるべき手段で売りに出しなさいー！」

そう言って扉の外に出ようとするオレの手を捕らえるリリィ。

期せずして双方共に、宝石を掴んでの引っ張り合いとなる。

「おいおい、兄ちゃん、嬢ちゃん。そんなみっともない取り合いなんかやめて、ちょっとは落ち着いて話し合いを……へぶっ！」

もみ合っている時、足元を転がっていたジャックとぶつかり、バランスを崩して掴んでいた宝石を手放してしまう。

同時に、力いっぱい宝石を引っ張っていたリリィもまたバランスを崩し、手に掴んでいた宝石がそのまま空中へと勢いよく放り投げられる。

放物線を描きながら土間の床へと落ちていく宝石を、オレとリリィは絶叫を上げながら見つめ、必死に手を伸ばしたが、非情にも届くことなく、宝石は床へと激突。次の瞬間には、それは予想通り木《こ》っ端微塵《ぱみじん》に砕け散った。


「…………」

「ね、ねえ……」

「…………」

「わ、悪かったってば、謝るからさ。だからいい加減、その、機嫌直してよ……」

あれからオレは床に落ちて粉々になった宝石をかき集め、それをテーブルの上に並べて虚《うつ》ろな目で見つめていた。

ははっ、さっきまで拳大の傷ひとつなかった宝石が見事に粉々だよ。

なんでも拳大と粉々に砕けた宝石とじゃ値段も天と地の差だって？

ははっ、オレの夢のマイホーム建設も夢と消えたか。

「ご、ごめんって言ってるでしょう！　あ、アタシにできることがあったらなんでもするからいい加減許してよ！」

ん？　今なんでもって言ったよね？　なんてアホなツッコミも入れられないほど、オレは完全に憔悴《しょうすい》していた。

しばらくリリィの必死の懇願《こんがん》と謝罪が耳に入っていたが、それも後半よく聞き取れないほど呆然《ぼうぜん》としており、やがてリリィが気まずそうに沈黙したところでオレはゆっくりと立ち上がる。

「え、な、なに？　ど、どうしたの？」

急に動いたからか慌てふためくリリィ。

オレはそんな彼女を横目に粉々に砕け散った宝石を袋に入れ、それを片手に持ったまま外へと出る。

やがて、庭の一角にたどり着くと、オレはそこに穴を掘り、袋の中に詰めていた宝石をざーっと穴の中へと入れる。

「ちょ、アンタなにしてんの⁉」

心配そうに後ろをついてきたリリィが、オレの奇行に慌てて待ったをかける。

だが、そんな声に耳を傾けず、オレは土をかぶせ砕け散った宝石を埋める。

「見ればわかるだろう……宝石を供養《くよう》してるんだよ」

「え、いや、供養ってアンタ……」

「させてくれよ……どうせ売ってもこれじゃあ大した金にならないのはわかってるんだ。ならせめて宝石達を我が庭の養分にしておきたい」

我ながらわけわかんないこと言ってるし、この時点では確実に正気ではなかったと後から冷静に考えても思う。

それをリリィもなんとなく察したのか「そ、そうね。わかったわ」と最後には引き気味に納得していた。

だが、この時の奇行が後に信じられない結果を生むことを、オレはまだ知らずにいた。


「さてと、それじゃあ今日も地道に畑仕事と行きますかー」

クワを片手にいつものように畑へ飛び出すオレ。

ちなみにオレの背後からは例の謎の卵がコロコロと転がりながらついて来ていた。

ここ最近は以前にも増してオレが行くところについて回ろうとする節がある。

小屋の中や庭の周りならいいのだが、街に行く時までついて来ようとするので、その時は仕方がなく小屋の中に入れている。

さすがに街中でオレの後をついてくる卵なんてものが現れたら、今以上に目立っちまうからな。

「それにしても……お前っていつになったら孵《ふ》化《か》するんだ？」

オレの後をついてくる卵を撫《な》でながら呟いてみるものの、特に返事はない。

初めてこの卵を持って帰った日から、干し草の中で温めたり、抱いて寝たりもした。

最近はドラちゃんやモチの他にこの子までベッドの中に潜り込んでくるものだからかなり寝苦しい。

とは言え、こうしてみんなで温めているにもかかわらず、なかなか孵化する様子が見えない。

これだけ孵化に時間がかかるということはそれだけ特殊な魔物なんだろうか？　ひょっとしてドラゴンとかの可能性もある？

そんなことを思いながら庭の一角へ向かうと、見慣れない小さな芽が目に入った。

「ん？　なんだこれ？」

明らかに何らかの植物の芽に見えるが、その一角に何かを植えた記憶はない。

だが、しばらく観察していると、オレはある重大なことを思い出した。

そう、この場所は先日、オレがバラバラになった宝石を供養した場所だ。

「へ？」

ちょっと待て。ということはこれってまさか？

いやいや、さすがにそれはないでしょう。だってあれ、宝石だぜ。宝石。

いくらファンタジーでもそんなことは……ねえ？

と、オレは脳裏《のうり》に浮かんだその想像を振り払いつつも、庭の一角に生まれたその芽の成長をチラリチラリと確認することとなった。

そうして、数日経った後、オレはその想像が現実であったことを思い知らされる。

「……樹になっておりますわ」

気づくと宝石を埋めたはずの場所から樹が生えており、その高さは四メートルほどに達していた。

「ちょ、なによこれ」

声のした方を振り向くとそこにはリリィが立っており、オレと同じように唖然《あぜん》とした表情で目の前の樹を見ていた。

「あ、アンタこれ、一体いつ植えたのよ……？」

「いや、植えたというか勝手になったというか……」

そんなことを答えながら、樹を見ていると枝の一つに何かの木の実がなっているのを見つける。

「なんだ、あの実？」

普通に考えれば何かの果物なんだろうが、この世界の果物も魔物からしか採れない。

ならば、あれは果物ではなく、別の何かと考えたほうがいい。

そう思い注意深く観察していると、どこかで見たような感じを受ける。

「あれって……カイコロモチの樹の実に似てる？」

そうだ。以前カイコロモチを探しにリリィと一緒に森へ行った時、カイコロモチを生むという樹になっていた卵の実。それに似ている。

「ちょっと待って。もしかしてこの樹って……」

そう言ってリリィがなにやら目の前の樹を注意深く観察し、直《じか》に触れて考え込む。

やがて結論が出たのか、しかし信じられないと言った表情で呟く。

「ありえないけれど……これってやっぱり、そうだわ……」

「おい、一体どういうことなんだよ。この樹ってなんなんだ？」

オレの問いかけに対し、答えたリリィのセリフは信じがたいものであった。

「これは――ワイバーンの樹よ」

「…………はい？」

ちょっと待った。ワイバーンの樹？

ワイバーンっていうとあれですよね。

小型のドラゴン族で、飛龍《ひりゅう》っていう異名も持つあのワイバーンですよね。

というか、そのワイバーンっていう単語、最近ものすごく聞き覚えがあるんですけど。

それってつまり……。

「どういうことなのよ、キョウ。一体アンタここになにを植えたの？」

リリィの問いかけに、今度はオレが答える番であった。

「ここは……あのワイバーンから取れたという宝石を埋めた場所だよ」

「へ？」

オレのその答えにリリィは信じられないといった表情を向ける。

しかし、現状その考え以外に、ここからワイバーンの樹が生まれる理由が見当たらなかった。

「それって、つまり……あの宝石から樹が生まれたってこと？　そんなことってありえるの？」

いや、それはオレの方が聞きたいんだが。

実はあの宝石の中に、魔物の種が隠れていたのか？

そう考えると辻褄《つじつま》は合う。だが、どうにもしっくりこない。

むしろこれは目に見えるほど単純な回答ではないのかと、そう思った瞬間。

「――待てよ。そもそも前提が違うんじゃないのか？」

オレは呟いた。

以前領主に、ゴーレムやワイバーンなどの体内から宝石が取れると聞いたが、これは植物以外の動物型の魔物全てに共通する点らしい。

コカトリスやキラーウルフ、それにカイコロモチなどからも倒した際に体内から宝石が手に入るという。

ただし、コカトリスやキラーウルフから取れる宝石は形も小さく輝きも鈍い出来の悪い宝石で、カイコロモチに至っては石のような宝石しか取れないという。

冒険者たちの多くはこうした魔物から取れる宝石を、魔物たちがどこかで宝石を飲み込んだ結果だと考えているらしいが、実はそうではないのではないか？

「リリィ。以前、魔物の樹がどうやって生まれるかはまだ誰も解明していないって言ってたよな」

「え、ええ、そうね」

「もしかしたらその謎、解明できるかもしれないぞ」

「⁉　アンタ、それ本気で言ってるの？」

オレのその言葉に思わず驚くリリィ。

だが、この仮説が証明されれば、それはオレにとっても大きなプラスになる。

それを証明するためにもリリィの協力が必要であった。

「ああ、けど、そのためには確認しないといけないことがある。悪いけれどお前の力、貸してもらえないか？」

その誘いに対し、リリィはしばらく悩むが、やがてこちらを見据えて頷《うなず》く。

「いいわよ。アタシもどうやって魔物の樹が生まれるかには興味あったしね」

リリィの同意を得たオレは急ぎ、小屋に戻って準備を整える。

といっても簡単な身支度《みじたく》だ。街で買った安物の携帯袋を手に持ち、早速移動しようとした瞬間、足元になにやらゴロゴロとまとわり付くものがあった。

「おっと、びっくりした。お前か」

例の卵だ。いつものようにオレがどこかへ出かけるのを察知し、足元をゴロゴロして一緒についてくるアピールをしてくる。

「ははっ、気持ちは嬉しいけど、今から行くところは魔物がいる森だからさ。お前を連れて行くわけにはいかないんだ、ごめんな」

そう言ってオレは卵を持ち上げて干し草の中へと置く。

むっ、気のせいか前よりも重くなってるような？　もしかして成長してる？

「キョウ、いつまで待たせてるのー？　早くしなさいよ」

「ああ、悪い悪い、今行くよ、リリィ！」

外からリリィの急《せ》かす声を聞いて、オレは慌ててドアを閉め、リリィと一緒に森の方へと向かう。

この時、オレは慌てるあまり、ドアがきちんと閉まっていなかったことに気づいていなかった。

そんな半開きのドアの向こうから――

『……ゴロ、ゴロゴロゴロ』

そんな地面を転がる音を立てながら、小屋から出てきた卵がついてきているのをオレ達は気づかずにいた。

◇　◇　◇

「それでなにをすればいいの？」

「この森にいる動物型の魔物で宝石を持ってるやつってどんなのがいるんだ？」

「そうね、キラーウルフなら比較的体内に宝石を抱えているけれど……あとはグリズリーとか？」

グリズリー。熊の魔物か。確かにそのへんが手頃かもしれない。

「なら、そのどちらかを倒して、体内にある宝石を取り出してもらえないか？」

「いいけど、その二匹じゃあんまり価値のある宝石は持ってないわよ」

「構わない。宝石の価値とかはこの際どうでもいいんだ。ただ魔物から取れた宝石ってのが重要だから」

「ふぅん、まっ、なんだか分からないけど了解したわ」

「ああ。……ありがとうな、リリィ」

不意にオレは前を歩くリリィに対して礼を言う。

「な、なによ、急に」

そんなオレのいきなりのお礼に驚いたのか後ろを振り返るリリィ。

「いやさ、よく考えればお前には世話になりっぱなしだと思ってさ。相棒《あいぼう》の件にしてもお前がなってくれて助かったよ」

「別に……最初に誘ったのはアンタでしょう。それをアタシが受け入れた。ならアタシとアンタは相棒よ。助けるのは当然、でしょう」

改めて相棒という言葉を使うのに気恥ずかしさがあったのか、言葉の端にどこか照れくささが混じっていた。

「そうだな、オレとお前はもう相棒だな」

そんなオレの答えに、前を歩くリリィが微笑《ほほえ》んでいるのが、伝わってきた。

——その瞬間。

「！　下がって、キョウ！」

いきなり、前を歩いていたリリィがそう宣言する。

同時に腰に下げていた剣を素早く抜き放つ。

すると、目の前の森から巨大な二足歩行の魔物が姿を現した。

四メートルを越える巨体、全身漆黒《しっこく》の毛に包まれた獣《けもの》。広げたその腕には獰猛《どうもう》さを感じさせる爪《つめ》が生えており、口からは無数の牙《きば》がむき出しで生えていた。

そして、その瞳《ひとみ》は獲物を狩るべく赤くギラつき、顔には十字の傷が刻まれていた。

冒険者か、あるいはほかの魔物によって付けられた傷か。

その生々しさが、この魔物がくぐり抜けた戦いがいかに凄惨《せいさん》なものだったかを連想させた。

「グリズリー……。いえ、違うわね、こいつは……」

熊型のモンスター・グリズリー。オレも咄嗟《とっさ》にその名を思い浮かべた。

だが聞いていたグリズリーよりも、目の前のこいつは遥かに凶暴で凶悪に見える。

リリィもこいつがただのグリズリーではないと理解したのか、その名を否定した。

次《つ》いで告げられた名にオレは戦慄《せんりつ》した。

「グリズリーキング。この地一帯を支配するボスのようね」

剣を構えたままリリィは目の前の魔物の名を口にした。

「グリズリーキングって……それって普通のグリズリーとは違うのか？」

「違うわね。グリズリーキングはグリズリーが進化した魔物よ」

「進化？」

「ようするに魔物のレベルアップよ。一定以上の年齢や経験を得ることで今よりもさらに上の種族へと進化することが出来るの。こうした進化を行った魔物の危険度と価値は、一気に跳ね上がるわ。進化前と後じゃ別の存在になるほどにね」

「それって……やばいんじゃないのか⁉」

オレは思わずリリィに逃げるよう提案しようとしたが、それも敵《かな》わないほどオレ達とグリズリーキングとの距離は接近していた。

今ここで背中を見せれば、その瞬間に食い殺される。

リリィもそれを理解しているためか、剣先をグリズリーキングへと向け、しばしにらみ合う。

「……ランクはおそらくBね」

そうリリィは目の前の魔物の危険度を呟いた。

「Bランク……？」

それはオレが今まで会ったどの魔物よりも高ランクであった。

それを証明するかのように、目の前の魔物が放つ気迫は確かに凶悪であった。

そんなオレの恐怖をよそに、両者の間に張り巡らされた緊張の糸が突如として切れる。

グリズリーキングが咆哮《ほうこう》を上げ、それを合図にリリィが駆け出し、瞬時に間合いを詰めたのだ。

「アンタはそのままそこで待機してて！」

オレに声をかけ、グリズリーキングの体に向け剣を放つリリィ。だがその一閃《いっせん》は異常なまでに膨れ上がった腕により阻まれる。

「けど、大丈夫なのか、お前⁉　相手はBランクなんだろう⁉」

今までオレが出会った中で一番レベルの高い魔物はDランクのコカトリスだ。

だが、目の前のグリズリーキングはBランク。間違いなく過去最高に危険な魔物だ。

上級の冒険者でさえ、パーティを組まなければ危険なランクであると教えられていた。

そんな相手にリリィひとりで勝てるのか……？

あるいはオレを逃がそうと時間稼ぎを……？

「……ッ！」

そんなマイナスな発想がオレの中で過《よ》ぎり、リリィの足を引っ張ってたまるかと、恐怖を振り払い、目の前のリリィとグリズリーキングとの死闘《しとう》を目に焼き付ける。

だが、その光景を見ていて、オレの悩みは杞憂《きゆう》であったと思い知らされた。

「……うそ、だろう……？」

圧倒していた。

いや、それはもはや一方的と言っていいレベルであった。

リリィが地を蹴《け》ると同時にその姿が掻《か》き消える。

と、同時にグリズリーキングの体に走る無数の傷。一拍遅れて噴き出る血。

グリズリーキングは咆哮を上げ、自らの周囲を舞うように駆けているリリィ目掛け、その両腕を振り下ろす。

しかし、グリズリーキングが捉《とら》えたと思ったリリィのその姿は残像《ざんぞう》だった。腕を振り下ろされると同時にグリズリーキングの背後に回ったリリィが、背中に向けて剣を振う姿が見える。再びグリズリーキングの体に傷が刻まれ、血が放物線を描き、噴き出る。

「……マジ、かよ」

強い、なんてものじゃない。

リリィは先程から一切の攻撃を受けていない。

グリズリーキングが放つ攻撃をまるで舞いのように避けるその姿はまさに戦場の舞踏《ぶとう》。なびく金の髪と、その腕より放たれる銀の一閃は幻想的光景。

本来ならば凄惨なはずの戦闘風景が、リリィという美しい少女の手により芸術的に見えていた。

怒りと痛みに我を忘れたグリズリーキングが、本能のままに両腕を振り下ろし、地面に巨大な亀裂《きれつ》を叩き込む。

だがリリィの姿はすでになく、両腕を放ち無防備となったグリズリーキングの正面、その心臓の位置に移動していた。

「――ふっ！」

ひと息の呼吸。

放たれたリリィの剣がグリズリーキングの胸の中心を貫き、かつてない咆哮を森全体に響かせる。

それが収まると同時に、その巨体が――ゆっくりと倒れた。

「ふぅ。まあ、こんなものでしょう」

当のリリィは額にかいたわずかな汗を拭《ぬぐ》うだけであり、結局最後まで相手からの攻撃を受けることなく優雅《ゆうが》に勝利したのであった。

「すげえ……」

オレはそんな光景をただ唖然と見て、目の前の少女がどれほど桁違いの力を持っていたのか知るのであった。

「それで、こいつの体から宝石を取ればいいのかしら？」

そうリリィがオレに声をかけるものの、当のオレは未だに呆然としていた。

「ちょっと、何ぼーっとしてんのよ？」

「あ、ああ、すまんすまん……」

少し意識が戻り、オレはゆっくりとリリィの方へ近づく。

「……お前、マジでとんでもなく強いんだな」

お世辞でもなんでもなく素直にそう口にする。

一方のリリィはキョトンとした顔で、しかしすぐさま照れるようにそっぽを向く。

「べ、別に大したことないわよ……」

そう謙遜《けんそん》するものの、先ほどの戦いは素人目にもとんでもない次元の領域だということは理解出来た。

これまでも何度かリリィの戦いは目にしていたが、それはあくまで相手となる魔物が低級であったため、リリィも実力を出す必要がなかったのだろう。

しかし、今回はある程度の実力を発揮しなければ倒せない相手だったから、オレはリリィの本当の実力を見られたのだと思う。

もしかしたらリリィはオレが思った以上の冒険者ではないのだろうか？

そう思い、グリズリーキングに近づいた瞬間であった。

「――グオオオオオオオオオッ‼」

咆哮が上がる。

倒れたはずのグリズリーキングが立ち上がり、その腕をオレ目掛け振り下ろそうとしていた。

「なっ⁉」

死んでいなかった⁉　わずかに剣が心臓から逸《そ》れていた⁉

隣ではリリィがオレを突き飛ばそうと地面を蹴るが、間に合わない。

オレが死を覚悟し瞳を瞑《つむ》った、その瞬間。

「――グオンッ⁉」

再び目の前の魔物から苦痛にくぐもった声が聞こえた。

目を開いた先に見えたものは、グリズリーキングの胸にめり込む何か。

「お前……！」

それはオレがこの森で拾ったあの謎の卵であった。

おそらく、卵はオレとリリィの後をこっそりついてきたのだろう。

そして、オレのピンチに思わず飛び出し、体当たりをした。

卵からの思わぬ体当たりにグリズリーキングは仰《の》け反《ぞ》る。

その隙《すき》を逃さず、今度こそリリィの剣がグリズリーキングの首を刎《は》ね、断末魔《だんまつま》の叫びを上げさせることすらなくそれを仕留めた。

「……アタシとしたことが、油断してたみたいね」

歯痒《はがゆ》そうにリリィは唇を噛み締め、オレの方へ向け頭を下げる。

「ごめん……アタシがしくじったせいでアンタを危険に晒《さら》して」

頭を下げるリリィであったが、むしろそれは逆であった。

「何言ってんだよ。謝るのはオレの方だろう。迂闊《うかつ》に近寄ったこともそうだが、無理言ってお前と一緒に森に入ったんだからな」

オレの言葉にリリィは驚いたように顔をあげる。

「お前のおかげで助かったんだ。ありがとうな、リリィ」

「……ふふっ、どういたしまして」

リリィはおかしいものでも見るように笑う。

そして、オレはもうひとりの恩人へと声をかける。

「お前もサンキューな。おかげで助かったぜ、命の恩人だな」

足元でオレに寄り添う卵に手を置き、感謝を述べる。

そんなオレの感謝の気持ちが伝わったのか、卵はその場でぴょんぴょんと飛び跳ねて愛情表現を示す。

「ほんとアンタって変わってるわね。卵のうちから懐く魔物なんて聞いたことないわよ？」

「ああ、卵に好かれる人間なんて世界広しと言えど、オレだけだろうぜ？」

そんな冗談にリリィもまた可笑《おか》しそうに笑い、オレ達は共に笑い合いながら、グリズリーキングから目的の宝石を回収するのだった。

◇　◇　◇

「やっぱり、予想通りってことか」

あれから約一週間、オレの目の前には苗木《なえぎ》ほどの大きさの木が生えていた。

隣で見ていたリリィが問いかける。

「それで一体どういうことよ。それって一体何の木よ？」

リリィにオレはこれまで考えていた仮説の説明をする。

「動物系、昆虫系、鳥類系、大雑把《おおざっぱ》に動物型としてまとめるがそれら魔物の樹がどうやって育つのかその疑問の答えをこれで得たわけだ。ここに植えたのはグリズリーキングから手に入れた宝石だ」

「！　それってつまり」

「ああ、そういうことだ。魔物の体内から取れるという宝石。それこそがその魔物の種なんだよ」

そう、それがオレが導き出した答えであった。

ゴーレムや、ワイバーン、さらにはカイコロモチやグリズリー。

こうした動物型の魔物を倒した際、連中からは宝石が手に入る。

オレは今までこうした現象を、いわゆるＲＰＧなどにおける敵を倒した際に手に入るお金代わりだと思っていた。

しかしゲームならともかく、こうした現実の異世界で魔物の体内から宝石が手に入るというのはおかしな話だ。

だから、冷静になって考えることで、ひとつの答えを得た。

これらはただの宝石ではなく、宝石の形をした『種』というもの。

ジャック・オー・ランタンやその他の植物型魔物の場合は、倒した際に明らかに種と分かるものが出てくる。

しかし、動物型魔物の場合は、これが宝石という形になっていたんだ。

この世界の人々は動物型の魔物の樹がどうやって生まれるのか分からずにいた。

しかし、それもそうであろう。こうした宝石を手にした際、それを種だと考えるなんて無理な話だ。

「けど、こうやって実際に魔物から取れた宝石で樹が生えたんだ。証明されたも同然だろう」

この世界における新事実を突き止めたとばかりにオレは腕を広げるが、しかしリリィの反応は今一つであった。

「……この件、今は黙っておいた方がいいかもしれないわね」

「へ？」

おいおい、ここまで苦労してようやく証《あかし》を立てたってのになんでだよ？

「あまりにも世界を揺るがす新事実だからよ。そんなことを発表しても、世界が混乱するか、逆に馬鹿にされるかが落ちよ」

むう、言われてみれば地球でもあまりに突《とっ》拍子《぀ぴょうし》もない事実を打ち立てた学者への風当たりは冷たかったと聞く。

確かに、このことは別に知らせるべきことでもないか。まあ、機会があったら誰かに教える程度でいいだろう。

そうオレが納得していると、隣でリリィがなにやら不吉な表情をして呟く。

「……もし、このことが『六大勇者』の耳にでも入ったらなにをするかわかったものじゃないしね……」

「ん？　六大勇者？　なんだそれ？」

「うひゃあ⁉」

思わず聞き返したものの、予想外のリアクションをするリリィ。

おいおい、そこまで驚くかよ。

「べ、別になんでもないわよ。アンタが気にすることじゃないから」

「ふーん、まあ、ならいいんだけど」

そう言ってオレはひとまずの検証を終えたことで、なんだかやり遂げた気分になった。

そのまま気分良く畑仕事へと移ろうとして、ふと何かを忘れているような気がした。

「あれ、そういえば……」

そもそも、宝石が種だって思ったその原因ってなんだったっけ。

「――あっ！」

そこまで思い出してオレは慌てて畑の一角へと向かう。

そこはワイバーンの樹が生えている場所。以前に見かけた卵のような木の実は、もはや限界ギリギリの大きさまで実っていた。

「あの卵、なんか今にも生まれそうな……」

そうオレが呟くと同時に、樹に実っていた卵が重さに耐え切れなくなったのか枝から地面へと落ちる。

その衝撃によって卵の外殻に亀裂が走ったかと思うと、それが次々と広がり、次の瞬間、卵の殻が弾《はじ》け飛んで、中から何かが現れた。

「ぴぃー」

それは小さな赤子のドラゴンであったが、大きさはサッカーボールくらいあった。

生まれた赤子のドラゴンはまだ寝ぼけ眼《まなこ》のまま、うつらうつらとした様子だったが、やがて翼にある両手で瞳をゴシゴシした後、目の前に立つオレの顔を覗《のぞ》き込む。

「ぴぃー！」

子ドラゴンの綺麗なルビー色の目にオレの顔が映った瞬間、一際嬉しそうな声で鳴いたかと思うと、オレの肩に乗ってきてそのままスリスリと頬《ほお》を擂《す》り寄せてくる。

「わっ、こ、これって」

可愛いのは可愛いが、あまりの展開についていけない。すると、後から追いついたリリィがそのドラゴンを見て呟く。

「それ、ワイバーンの赤ちゃんよ」

「あ、あはは、やっぱりそうか」

リリィの宣言にオレは曖昧な笑みを浮かべる。

一方の子ワイバーンはすっかりオレのことを親と思い込んだのか、口の中から舌を出してはオレの顔をペロペロ舐《な》めてくる。

こうして、新たな魔物《かぞく》が増え、さらに賑《にぎ》やかになっていく我が家のとりとめのない畑を、オレはほんの少し心配するのであった。

◇◇◇

暗い闇《やみ》の中にそれはあった。

円卓《えんたく》。そう呼ばれるテーブルにそれぞれ六つの席が存在し、そこには五人の人影が存在していた。

「それでケセド大陸にいる例の存在についての情報は？」

「領主からの話によると、コカトリスが玉子を産むよう調教を施《ほどこ》したと。魔物を栽培するだけでなく、人に対して有益な存在として調教する能力も持ち合わせているとの見解《けんかい》だが」

「ははっ、そいつは素晴らしい。まさにこの世界が始まって以来の傑物《けつぶつ》ではないのか？　それほどの存在ならばぜひ欲しい。お前たちは危険視しているようだが、オレは今すぐにでも彼を迎え入れたいぞ」

円卓に座るそれぞれの人物が、ある存在についての報告を読み上げる。その内の一人は盛大に笑い声を上げると共に、賞賛《しょうさん》を与えた。

しかし、それとは対極にまるで感情のこもっていない声色がその場に響く。

「勝手な言動は慎《つつし》め。卿《けい》はいつもそうやって面白半分に危険因子《きけんいんし》を取り込もうとする。これは卿だけでなく我ら全員、ひいてはこの世界の行く末を変えるほどの選択だ。引き込むにしろ切り捨てるにしろ判断はもう少し慎重に下せ」

「そういうお前は相変わらず慎重だな。オレは欲しいと思ったものはたとえ危険であろうと手に入れる。人が進化するにあたって多少のリスクは覚悟の上だろう」

その二人の意見の対立は、この場において見慣れた光景であったのだろう。

ほかの円卓に座る者たちも止める気配はなく、やがて片方がため息と共にその会話を打ち切る。

「いずれにしても、今しばらくは観察が必要であろう。あれの存在をどう扱うかの決定はその後に下せばいい」

その提案にこの場に集った全員が頷《うなず》く。

しかし、その内の一人が手を挙げ、意見を述べる。

「現状ではまだ判断材料も足りないでしょう。領主にしてもなにかを隠している可能性もあります。ここは我らの手の者を送り、直接探りを入れるのがよいかと」

「確かに。ならば、その件はそちらの賢人《けんじん》勇者に頼むとしよう」

賢人勇者。そう呼ばれた何者かが席から立ち上がり、暗がりの中で微笑んだ。

「そいつはありがたい。儂《わし》もその者には興味があったからな。であれば、直接出向くことにしよう」

その発言には周りの者達全員が息を呑《の》む声が聞こえた。

「卿自らがか？」

「無論。その者と直接対峙《たいじ》することで得られる情報もあろう。もっともそのためにはいくつかのお膳立《ぜんだ》てが必要だがな」

そう言って賢人勇者と呼ばれた人物は、円卓の席より離れていった。

やがて、その姿が完全に消えると同時に、呆れるような声が円卓より零《こぼ》れる。

「分かってはいたけれど、随分《ずいぶん》と身勝手な奴だね。あれじゃあ、僕たち六大勇者のひとりとしての自覚に欠けるよ」

「同意だな。そもそもあれが六大勇者入りできたことが私には甚《はなは》だ疑問だ。我らのように華々《はなばな》しい武勇があるわけでもないあのような変わり者がなぜ……」

「武勇に長《た》けるだけが勇者でもあるまい」

先程、例の存在を迎え入れたいと言った人物が否定をした。

「時代は変わりつつあるのだぞ？　今や力だけの勇者では立ち行くまい。むしろこの先、求められるのは文明の開化あるいは改革を成し得る者。それを考えればあれの料理における改革はまさに時代の促進を促した偉業《いぎょう》。それは偉人とも英雄とも呼ぶに相応《ふさわ》しかろう。ゆえに六大勇者の中でオレが最も敬愛するべきはあれであると断言するよ」

その発言に円卓に残った全ての者達が黙り込む。

なぜなら、その者の発言は的を射た真実であったからである。

勇者とは英雄であると同時に偉人。

戦場において武勇を誇ればそれは文字通り勇者であろう。

だが、戦いがなくなった後、平和な時代に勇者は必要であろうか？

武勇しか能のない勇者はそれこそ無用の長物《ちょうぶつ》であろう。なぜならそうした勇者が求められるのは戦《いくさ》が存在する時代でのみ。

だが、仮に平和な時代にあっても、文明の開化、あるいは改革を成し得る者がいれば、それはまさに戦場における勇者と同等、あるいはそれ以上の英雄である。

賢人勇者とはまさにその後者に属する存在。どちらが上か下か、そんな秤《はかり》にはかけられない存在。

「……いずれにしろ、例の存在が我らの利となるか害となるか。早々に見極めることとしよう」

呟いた人物の手元から、ひとつの資料が零れる。

その資料に書かれた男こそ、世界のあり方を変えるほどの存在であり、大きな変革を促すものだった。

それを見極めるべく、六大勇者達は静かに動き出す。

その資料に書かれた人物——物語の中心にいるその男、キョウはまだ自らの運命を知らずにいた。

MONSTER DATA -002-

ワイバーン

《価　値》★★★☆☆　《危険度》B

《性　格》かなり好戦的

小型のドラゴン。爪や鱗が武具の加工素材になるため、素材の価値が高い。一応食用魔物だが、味はイマイチ。

コカトリス

《価　値》★★☆☆☆　《危険度》D

《性　格》好戦的

鶏の体に蛇の尻尾を持つメジャーな魔物。食用魔物としても有名で鶏部分の肉は特に絶品。玉子と呼ばれる特殊な食物を産む種族。

デビルキャロット

《価　値》★☆☆☆☆　《危険度》E

《性　格》いたずら好き

植物型魔物。どこにでも出没し、初心者冒険者でも狩りやすいため、ジャック・オー・ランタンと同様に代表的な食材魔物として知られている。

It is a different world,
but we are
monsters cultivation.

第四章　開幕！　食堂コンテスト！

「ぴぃー！」

「こらこら、懐《なつ》くのはいいけど、今は作業してるところだから、あんまり邪魔したらダメだよ、バーン」

「ぴぃー……」

というわけで色々ありましたが、現在オレに懐いているこの子はワイバーンのバーン。

まだ生まれたばかりの子供なせいだろうか、よくこうして作業しているオレの方へ飛んできては甘えてくる。

可愛《かわい》いは可愛いのだが、毎回こうしてじゃれつかれていると作業が進まないので、ここはぐっと堪《こら》えてバーンを遠ざける。

ちなみに最近はマッシュタケというキノコ型の魔物の栽培《さいばい》にハマっています。

どのような魔物かと言うと、見た目は完全に歩くきのこです。

しかし、その全長は高いものでオレの腰くらいまである。

軸《じく》の幅が広く、その下に小さな足が生えており、森の中をテクテク歩き回っている。

目や口などは無いみたいで、どっちが正面なのかはよくわかんない。

基本的には無害であり、人間が襲いかかった場合のみ体当たりで反撃してくる。

が、体全体が柔らかいおかげであまり殺傷力はない。

で、こいつの栽培方法というのが、傘《かさ》の裏に存在するひだと呼ばれる場所、そこに稀《まれ》に小石のようなものが引っかかっている時がある。

それがこのマッシュタケの種だが、ほかの魔物と大きく違うのがその種は土では育たないという点だ。

地球のきのこ類に似ていて、マッシュタケの種は他の動植物の死骸《しがい》に植えないと発芽しない。

また発芽する場所や死骸の種類によってマッシュタケの種類が多様に変化していく。

一番ポピュラーと言われるのがこの地方の腐った樹木に育つマッシュタケ。

まあ、いうなれば椎茸《しいたけ》だ。

最初は手のひら程度だが、だんだんと大きくなりオレの腰くらいまでは成長する。

他にはウルフなどの魔物を媒介《ばいかい》に育ったタマゴタケ。

洞窟《どうくつ》などの湿った場所で育ったものはキクラタケといい、色や形、大きさ、味だって変わってくる。

森で徘徊《はいかい》していたマッシュタケを偶然見つけて、そいつが落とした種を拾って色々と研究した。

魔物の死体などは森に行った時にリリィが倒したものから、偶然見つけたものまでいろんなものを使ってみた。

目下、様々な環境下でどんなマッシュタケが育つのか研究中だ。もしかしたら、地球でも有名なあのキノコを栽培できるかもしれないからな。

と、そんな風に小屋の周りが軽くマッシュタケ祭りになって、成長しすぎたマッシュタケがわらわらと闊歩《かっぽ》している中、珍客が現れる。

「あの、キョウさん、いまよろしいでしょうか？」

「あれ、ミナちゃんじゃん。わざわざこっちに来るなんて、どうしたんだい？」

うちの取引先でもあり、ほぼ毎日と言っていいほどオレがその料理のお世話になっている食堂屋の料理人少女ミナちゃんだった。

「実はキョウさんに折り入って相談があるのですが」

「ん？　オレにできることならいいけど」

「はい、あの、来月の七日……わ、私と……」

お、お、おお⁉　こ、これって、もしかしてデートフラグ⁉

「私と、食堂コンテストに出てもらえませんか！」

まあ、違うよねー。

「食堂コンテスト？」

「はい、実は年に一度この街で大陸一番の食堂屋を決める大会があるんです。それに優勝した食堂屋は第十大陸マルクトで行われる、料理界の頂点を決める大料理大会に出場できるんです」

ふむ、なにやら聞いたことのない大陸の名前が出たが、おおかたは理解できた。

要するにあれでしょう？　料理物の漫画なんかでよくある全国大会に出場するための地方大会が来月の七日に行われるらしく、優勝するためにオレの力を貸して欲しいという話だった。

「別にいいけど、オレなんかがミナちゃんの役に立てるとは思えないけど」

「いえ、むしろ逆です。私がキョウさんのお役に立ちたいんです！」

「えっ？　どういうこと？」

「食堂コンテストはこの大陸一番のイベントなんです。なにしろ他の街からも色んな料理人や食堂屋が参加しますから。そこでキョウさんの作った魔物を使った料理を披露《ひろう》すれば街の人たちの印象も変わります！　優勝すればきっと街のみんなもキョウさんのことを認めてくれますよ！」

なるほど、そういうことか。

ミナちゃんはオレに街の人達への印象をよくするための活躍の機会を与えてくれるってことか。

確かに未《いま》だにオレへの街の人達の目には、多少の疑いや偏見《へんけん》が残っている。

先日の領主さんからの依頼のおかげで少しは街への貢献《こうけん》も出来たが、それもまだ一部分だけだったしな。

「気持ちは嬉《うれ》しいんだけど、コンテストに出て料理を作ったくらいで、そう簡単に印象が変わるとは思えないし……」

「いえ、そんなことはありませんよ！　料理はとても重要で、競技としても認定されているんですよ！」

　なんと、それは初耳。

「料理が？　なんでまた？」

「あれ、ご存知ありませんでしたか？　食用となるものはすべて魔物しか存在しません。それはご存知ですよね？」

　無論、それは知っている。

「ですので、魔物をいかにうまく調理するかというのは昔から研究されていたのです。そのまま料理として出しても臭みの強いもの、味が泥臭いものがあり、食欲をそそらないものが多いのです。魔物を狩るだけなら初心者冒険者でも可能ですが、狩った魔物をどのように調理するかが、実は重視されているのです」

　言われてみれば確かに。

　この世界の食材はすべて魔物。そして、魔物ゆえにそれらは素材の味が強すぎる。

　ましてそこから地球のように多種多様な料理を作り上げるというのは発想の転換自体が難しいだろう。

事実、こちらに来てから食べた料理の多くが、素材を重視した料理だった。

調味料もそれに合わせた塩や果汁など簡単なものばかり。

「世界の各地で魔物をどのように調理するべきか探るという題目で、様々な料理コンテストが開かれたのです。コンテストのおかげで色々な料理が生まれ、食の文化も発展していきました。ですので料理というものは、重要な文化の一つであり、競技として争いごとを収める際にも用《もち》いられているのです。特にこの街はこの大陸で一番料理が発展している場所なんです」

なるほど、そういうことだったのか。

食とは人が生きる上で必要不可欠なもの。美味《おい》しく食べられるようにする。それだけでも革新《かくしん》的な発展に繋《つな》がる。

ミナちゃんが言わんとしていたことを全て納得した。

「つまり、今度の大会でオレが作った魔物を調理し、それを街のみんなに出して、これまでにない料理の美味《うま》さを披露すれば皆の心証も一気に変わるってことだな」

「はい！　そうです！　なにより次のコンテストは領主様自ら主催《しゅさい》するとのことです。あの人の舌を唸《うな》らせる料理を出せればきっとキョウさんの魔物達を認めてくれますよ！」

確かに。あの領主の街に対する影響力はかなり大きい。

その彼に正式な場で認めさせることができれば、オレに対する不信も消えるかもしれない。

そうと決まれば、オレの返答は一つだ。

「わかった！　ぜひオレも参加させてくれミナちゃん！」

「はい！　私も協力しますから、一緒に頑張りましょう！」

そう言って可愛いガッツポーズを向けてくれるミナちゃん。

あ、だけどちょっと待てよ。

「ミナちゃんは自分の食堂屋のことはいいの？」

そうだ。もしもオレが足を引っ張ればミナちゃんの食堂屋が評判を落としてしまう。

そんなオレの疑問にミナちゃんはなんでもないとばかりに答える。

「いえ、私はそういうのは全然気にしません。むしろ、今ではキョウさんのおかげで一定のお客さんが通ってくれるようになったんです。私もキョウさんがいい人だってことをみんなに分かってもらいたいんです」

そう言って純朴《じゅんぼく》な笑みを浮かべるミナちゃん。

ああ、なんてこの子はいい子なんだろう。

自分の名誉《めいよ》よりもオレのためにコンテストに出場するなんて。

ミナちゃんにここまでの覚悟をされた以上、負けるわけにはいかない。

そう思いオレは拳《こぶし》を握り締める。

「出場する食堂屋ってこの大陸中から出場するのかな？」

「そうですね。皆さん第十大陸マルクトで行われる大会に出るのが目的ですから」

「そういえば、その第十大陸ってなんなの？」

「ひょっとしてキョウさんはご存知なかったんですか？」

ミナちゃんは目をぱちくりさせながらも説明をしてくれる。

「この世界には全部で十個の大陸があるんです。第一大陸ケテルから第十大陸マルクトまで。それでそれぞれの大陸をひとつの国が支配しているんです。私たちがいるのは第四大陸ケセド。ちなみに大陸を支配している国の名前も大陸と同じ名前なんです。だから私たちのいるこの大陸の国もケセドと呼ばれています」

「なるほど。ちなみにその大陸の頭についてる第一大陸とか第四大陸とかって何か意味はあるの？」

「いえ、特にはありません。世界の北側から順番に数えてってことらしいです」

なるほど。単純な理由か。

ミナちゃんの説明を聞きながら、大陸がどんな配置になっているのか地面に書いてもらった。

一番北にケテルと呼ばれる大陸。そこから下にコクマ大陸とビナー大陸の二つが並んでいる。

そのすぐ下にオレ達がいるというケセド大陸とゲブラー大陸と呼ばれるものがまた二つ並んでいる。

その後に色々大陸が並び、一番下に先程言っていた第十大陸マルクトがあるようだ。

十個の大陸が存在する世界か。

まあ、わかりやすいと言えばわかりやすいが、しかし、この大陸の地図、どこか見覚えがある。

それにそれぞれの大陸名もなーんか聞き覚えがあるような……。

「マルクト大陸とケテル大陸は十大陸の中でも文明が進んでいるんです！　ですからマルクトで行われる大会に出るというだけでも最高の栄誉《えいよ》になるんです！」

しかし、そんなオレの考えはミナちゃんの言葉によって吹き飛ばされた。

「ってことは去年もここからマルクトの大会に出た食堂屋がいるんだよね？」

「はい、表通りのジョンフレストランのオーナーさんです」

ああ、最初にオレが入ってたたき出されたあの店か。やっぱそれなりの食堂屋だったんだな。

「オーナーのジョンフさんは料理人として超一流で、大会の実績で資金も溜《た》まり、今では高レベル冒険者が獲《と》ってきた高級素材をたくさん仕入れているそうです。今年の優勝候補ナンバー1と言われています」

「なるほど、確かに手ごわそうだ。けど負けるわけにはいかないな」

せっかく、ミナちゃんが摑《つか》んできてくれたチャンスだ。

たとえ向こうがレアな魔物を使ってきたとしても、こっちもそれに負けない魔物を栽培して使用するまでだ。

「任せな、ミナちゃん！　相手の高級素材に劣らない優秀な魔物、いや、オレだけの自家製魔物を育ててみせるから！」

「はい！　キョウさんならきっと街のみんなが驚くすごい魔物を栽培できると信じてます！」

おう、今こそ見せてやるぜ。これまでオレが培《つちか》ってきた魔物栽培技術と、地球に伝わる特殊な栽培技術をな！

熱い想《おも》いを胸に、オレは地球から持ってきた英知の塊《かたまり》である萌え植物図鑑を握り締めるのだった。

◇　◇　◇

「はぁ、面倒くさいなぁ……」

ため息を吐《つ》きながらアタシはトボトボと道を歩いていた。

先日の冒険者会議でここ最近のアタシの成績が下がっていることに関して注意を受けた。

この世界の冒険者は魔物を狩ることが仕事であり、ランクの高い魔物を討伐すればそれに見合った報酬《ほうしゅう》と評価がもらえる。

成績のよい冒険者は高ランク冒険者として位置づけされ、ある程度のランクの冒険者でないと請《う》け負《お》えない依頼を受けられたり、国からの援助がもらえるなど様々な特典が存在する。

誰よりも高いランクに位置づけられ、世界的な偉業《いぎょう》を成し遂げた冒険者は『勇者』と呼ばれ、国の王よりも遥《はる》かに巨大な権力と人望を手にすることが出来る。

多くの冒険者がその『勇者』を目指してランクを上げていると言っても過言《かごん》ではない。

だが、未だその勇者の称号を得た者はたったの六人である。

けど、アタシはそうした勇者うんぬんよりも、ある程度の自給自足が出来る環境を作ってスローライフな人生を送りたいのが本音だ。

周りからは結構珍しい目で見られたりもするけれど、冒険も必要な分だけでいいと思っている。

成績やランクを上げるために無闇矢鱈《むやみやたら》に魔物を狩るのは違うような気がするから。

そう考えるとキョウの生活がちょっと羨《うらや》ましい。

自給自足が可能な魔物栽培生活。起きる時間はその日の気分で、寝る時間もその日の気分。

仕事と言えば畑仕事で、それも生きるためのものであり、自分が育てた魔物がいろんな糧《かて》になる。それはやりがいもあるわね。

アタシがあいつのところに必要以上に通ってダラダラしていたのも、あいつの生活に共感していたからかもしれない。

とは言え、あいつの生活にも問題がないわけではない。

魔物を育てる。それを公《おおやけ》に認める国は実のところそうないだろうから。

ここは王都から近い地だが、領主の影響力が強く、あの人がキョウの身柄《みがら》を認める以上、国もそう簡単に手出しができない。

そんなことを思っているとアタシは目の前を歩く女性と肩がぶつかってしまう。

「あ、ごめんなさい」

ぶつかった衝撃でその場に転んでしまった女性に、アタシは慌てて手を貸す。

差し出された手をその女性はやや迷った後に握り、ゆっくりと起き上がる。

「……ありがとうございます」

そう言ったのは黒髪の綺麗《きれい》な少女。

スラリとしたスタイルであり、身にまとう服も高級感はあるが、華美《かび》になりすぎない配慮《はいりょ》が伝わってきた。

どこかの貴族だろうか？　そう思わせるほど仕草や雰囲気に気品が漂っていた。

「すみません、この辺にジョンフレストランというところがあると聞いたのですが、どちらにあるかご存知ないでしょうか？」

「え、ああ、ジョンフレストランならすぐそこだけど」

そう言って指をさした場所に看板《かんばん》があるのを確認し、少女は丁寧《ていねい》に頭を下げる。

「ありがとうございます」

「あ、いえ、あのレストランになにか用なの？」

「はい、実は来月行われます食堂コンテストで、あちらのレストランの代表として参加するために」

「食堂コンテスト……？」

その少女の言葉でアタシは思い出す。

そういえば来月は食堂コンテストが開催されるのだと。

そんなことを考えているうちに、少女はすでにジョンフレストランへと向かい、その扉をくぐっていた。

「今の人……どこかで」

◇　◇　◇

「リリィ、この辺で一番古くて大きな樹がある場所を知らないか？」

キョウの家に到着するなり開口一番そう問われた。

「古い樹？　そうね、樹海の奥にエントの樹があるわね。多分それがこの地方で一番古いと思うけど」

「エント！　それは期待が持てるぞ！　ちなみにエントの気性《きしょう》とかはどうなんだ？」

「穏やかよ。エントは魔物というよりも森の賢者ね。こちらが攻撃しない限り、襲いかかってこないし。森で迷った人間を助けたなんて話も多いわよ。冒険者の中でもよっぽどでない限りエントを攻撃しようなんてやつはいないわよ」

なにより食べられないし、と付け加える。

植物型魔物の中には根っこや、果実などが美味しく食べられる魔物も多くいる。

キラープラントが実らせる果実や、マンドラゴラなどがそうだ。

だがエントはそうではない。倒しても見返りと呼べるものがほとんどないのだ。

「なるほど、危険はないどころか、むしろ友好的か。それはますます好都合。よし！　リリィ、いますぐエントのいるところまで案内してくれ！」

「ええ⁉　今から？」

キョウはやる気をみなぎらせてアタシを引っ張って森の方へ向かう。

話聞いてたのかな？　エントは食べられないし、食べられるものも実らせないって言ったんだけど。

まあでも、こいつの発想はアタシ達とは違うから、なにかあるのかもしれない。

アタシはいつの間にか期待と好奇心が湧《わ》き上《あ》がり、気づくとキョウを先導してエントのいる場所まで向かっていた。

「ほっほっほ、なるほど。面白い頼みごとをしてくる人間じゃ。儂《わし》も千年生きてきたが、お主のような変わった頼みごとをする人物は初めてじゃ。よかろう、好きにするがよい」

「ありがとうございます！　エント様‼」

目の前では巨大な生きた大樹であるエントが愉快とばかりに笑い、それにキョウが頭を下げてる。

キョウの頼みごとはアタシも一緒に聞いていたけれど、やっぱりよくわかんない内容だった。

それで何ができるのかしら？

そんなアタシの疑問をよそにせっせと作業を行っているキョウ。

やがて、一通り済んだかと思うと、未だ疑問符を浮かべているアタシに対し、自信満々の笑みを浮かべる。

「まあ、見てろって、ギリギリ一ヶ月以内に成果を見せてやるよ」

◇　◇　◇

「さあ、出来た！　早速味見してくれ、ミナちゃん、リリィ！」

そう言ってオレが調理したのはコカトリスの肉を焼いてキラープラントの果実ソースに漬けたものと、エントの樹の下で栽培したマッシュタケを焼いて調理したもの。

二人がそれを口にした瞬間、まずミナちゃんから絶賛《ぜっさん》の言葉が漏れる。

「すごい……この焼きマッシュタケ、香ばしさだけじゃなく口の中に広がる濃厚な味わいが絶品です！」

その評価にオレは思わず親指を立てる。

そう、これこそがオレが目指した新たなマッシュタケ、その名もエントタケ。

通常、マッシュタケは魔物の死骸や枯れた樹木などから発芽するが、実は元々キノコには腐生菌《ふせいきん》と菌根菌《きんこんきん》の種別が存在する。これもまた萌え植物図鑑の受け売りである。

前者が死骸から生まれるキノコであり、後者は樹の根元から生まれるものである。

おそらくこの世界のキノコ型魔物はほとんどが腐生菌なのだろう。

しかしマッシュタケは環境によって様々なキノコへと育つ魔物。そこでオレは菌根菌を試すつもりでエントの根元にマッシュタケの種を植えた。

結果は見事成功。その匂《にお》いも味もオレが知る地球におけるキノコの王様とも呼べる松茸《まつたけ》そっくりに成長した。

そして、松茸はその風味こそが最も重要とされる食材。そこでオレはエントタケのこの風味を活かすために単純なグリルにした。

結果はミナちゃんも唸るほどの出来栄えだ。

「これならそこらの高級料理にも負けていませんよ、キョウさん！」

「ああ、これもミナちゃんのおかげだよ。ありがとう」

そう言ってすでに勝利ムードで沸き立つオレ達をよそに、ただひとり冷めた口調のまま待ったをかける人物がいた。

「いいえ」

それはリリィ。彼女は何かを考えるようにして、やがてハッキリと宣言した。

「このままでは負けるわ、次の食堂コンテスト。あいつに——グルメ貴族には勝てないわ」

「グルメ貴族？」

なんだその美味しそうな称号の貴族は。

「アンタ、本当になんにも知らないのね。グルメ貴族っていうのは料理に関して画期的《かっきてき》な開発と技術を見せた人物のことよ。今や彼女は世界でも指折りの料理人よ」

「それってそんなにすごいのか？」

「十分にすごいわよ。彼女クラスにもなれば王宮からの招待も引く手あまた。なにより彼女の家系は料理によって貴族の称号を与えられた家。中でも現当主と言われる彼女の腕は歴代《れきだい》のグルメ貴族の中でもずば抜けてると噂《うわさ》されているわ」

なるほど、だからグルメ貴族なのか。

確かに、この世界における食という文化に対する評価はかなり高いみたいだな。

「で、そいつが今度の食堂コンテストに出ると？」

「そうみたいね、ちょうどアンタと同じような立ち位置で、ある食堂屋の代表として出場するみたいよ」

「……その食堂っていうのは？」

「ジョンフレストランよ」

やはりか。だが、それが本当ならかなり厄介《やっかい》だ。

いくらこっちが高級食材に匹敵するエントタケを作ったとはいえ、その数は一品。対して相手は貴族の称号を持つ世界有数のグルメ料理人。おそらくは用意する高級食材もひとつやふたつだけではない。

先程までの歓喜はどこへやらオレもミナちゃんも焦《あせ》りの表情を浮かべる。

「いや、大丈夫だ。まだ時間はある。数日中にグルメ貴族が用意する料理よりも上の食材を育てればいいだけのことだ」

「キョウさん……」

「アンタ、そんな簡単なことじゃないでしょう、それって」

無論、それはオレ自身がよくわかっている。

だが、自分のこと以上にオレのためにここまで準備をしてくれたミナちゃんのためにも出来る限りの結果を残したい。

その一心でその場から立ち上がり、もう一度高らかに言い切る。

「任せろって。必ずもう一品、エントタケに匹敵《ひってき》する、いやそれ以上の食材を生み出してやるよ！」

その宣言にミナちゃんは頷き、リリィもまたどこか呆《あき》れながらも微笑《ほほえ》んでいた。

◇　◇　◇

そんなこんなで自宅という名のボロ屋で考えることしばし。

やはりそう上手《うま》くいくはずはないと現実がのしかかってくる。

そもそもエントタケですら、栽培するのにひと月かかった。すでに大会まで残り数日。

今から新しい高級食材を探し、それを栽培するなんてとても時間が足りない。

となれば、発想の逆転か。現在、うちで育てている魔物をエントタケのような高級食材へと改良すること。

オレは寝そべった状態からゆっくりと上体を起こし考える。

その際、お腹《なか》の上で昼寝をしていたドラちゃんがその勢いでコロコロ転がり、寝ぼけ眼《まなこ》でこっちを見てくる。

マンドラゴラ。おそらくこの子を使えば勝負には勝てるかもしれない。

だが、それはだめだ。この子は使わない。

今のところ栽培に成功したのはこのドラちゃんだけだが、仮に他のマンドラゴラが生まれたとしても彼女たちを食材に使う気は毛頭ない。

「よう、兄ちゃん。聞いたぜ。次の食堂コンテスト、なにやらピンチらしいな。いよいよオレを煮込む時が来たか？」

ジャック・オー・ランタン。こいつならどうだろうか？

品質を改良すれば、もっと美味しくなる可能性はある。

まあ、どっちみちこいつを煮込む気は全くないが。

オレはもう一度、現在うちで栽培している魔物の種類とその味を思い出す。

コカトリス。実はあれからコカトリスに関してもある進展があった。

動物型の魔物の種は宝石のようなものだと発覚したが、コカトリスなどいわゆる低級の魔物の場合、必ずしも宝石の形をしてはいない。

むしろ、ワイバーンやグリズリーなどいわゆる中級以上の魔物の種が、宝石に近い形になる。

コカトリスの場合、その種は石のような形をしている。

そして、それは稀にコカトリスが産む玉子の中に入っていることがあった。

普通なら、それは異物扱いであり、玉子の中に混じった石ころはそのまま捨てられるだろう。

だが、オレはそれこそがコカトリスの種であると確信し、先月コカトリスの玉子を割った際、中からその石ころが出てきた時、迷わず地面に植えた。

その結果、無事にコカトリスの樹が生まれた。

今ではそのコカトリスの樹からは次々と新たなコカトリスが生まれ、オレの畑の一角はコカトリスゾーンとなっている。

ちなみにコカトリス自身の味はまさにチキンそのもの。しかも連中が生む玉子はぶっちゃけ地球のやつよりも美味い。

「そうそう、玉子と言えば、お前もなかなか孵《かえ》らないよな」

そう言って、オレは隣で寄り添っている例の卵に話しかける。

あれからこの卵はドンドン大きくなっているが、肝心《かんじん》の中身は未だに孵る様子がなかった。

ワイバーンの卵などは樹から落ちてすぐに孵ったというのに、この卵に至ってはもう数カ月この状態だ。

オレがこの異世界に来て、魔物栽培を始めてすぐに拾ったことを考えれば、モチと並んでジャックに次いで古参《こさん》。

にもかかわらず未だどんな魔物なのかもわからない。

けれど、これだけは断言できる。こいつは決して悪い魔物ではないと。

ここまでオレを慕ってくれてるのもそうだが、グリズリーキングからオレを守ってくれたことを思えば悪い魔物なんて想像も出来ない。

とは言え、今はこいつのことよりも他に調理で使えそうな魔物について考えなければ。

「他は……キラープラントか」

キラープラント。こいつは成熟《せいじゅく》すると赤い果実を実らせる。一見するとそれは桃のようだが実はトマトの味だ。

また、実が成熟するとキラープラント自身も自我が芽生えて周りのものに無差別に襲いかかる。

ちなみにこいつらは花の部分が丸い巨大な口になっている。

なので、花が口になって牙《きば》が出てくる前に口の部分を縄で縛っている。

次にデビルキャロット。人参《にんじん》型の魔物で引っこ抜くと小さい手足がバタバタ動く。

あまり成長しすぎると、地面から勝手に抜け出しそのまま足でどっかに行く。まだ手足が小さい時期に収穫した方がいい。それでも地球の人参の倍くらいには大きいが。

マッシュタケ。こいつに関しては先述のとおり。

とりあえずは、この中のどれかを改良し品質を向上させるのが一番現実的な手段だろう。

一応ひとつ目星は付けているんだが、果たしてこいつをどう改良すればいいか……。

オレはもう一度、手持ちの萌え植物図鑑を見ながら、以前地球にいた頃、テレビで見ていた知識を思い出す。

「……ん」

待てよ。前々からひとつの違和感があった。

他の魔物とその魔物の決定的な違い。

他の魔物はそうでもないのに、なぜかその魔物だけがする行為。

「もしかして……逆だったのか？」

オレはそこにある一つの可能性を感じた。ならば、いけるかもしれない。

だが、大会まであと数日。

これは、実験を重ねてマッシュタケをエントタケに育てたようにはいかない。

文字通りぶっつけ本番。残り日数を考えれば栽培できるチャンスは一度しかない。

ええい、考えるよりも行動だ！　オレはその可能性に全《すべ》てをかけ、そいつの栽培に適した場所を探すべく外へ飛び出した。

◇◇◇

「キョウ！　アンタ食堂コンテストがもうすぐ開催されるわよ！　いつまで家にいるのよ！　食材は間に合ったの？　それともダメだったの!?」

慌てて扉を開き、中へ入ってくるリリィ。

あれから試行錯誤《しこうさくご》を繰り返している内に、食堂コンテストの開催日を迎えてしまった。

オレは慌てるリリィの前で一つの食材を手に取り、それをバッグに詰めてから振り返る。

「安心しろ。仕込みは十分だ」

力強い笑みを浮かべたオレを見て、リリィも安心したように微笑む。

「みたいね。けど、急ぎなさいよ。もうすでに会場にはミナが行ってるんだから」

「ああ、わかってる。すぐに行くよ」

そう言って駆け出そうとしたオレの足元に何かが擦《す》り寄ってくる感触があった。

「おっと、お前か」

それはやはりというべきか、あの卵であった。

オレがどこかへ行こうとしたのを感じとって、いつものように後をついて来ようとしている。

「はは、気持ちは嬉しいけど、今日は危険なところに行くわけじゃないから。悪いけど、お前は留守番しててな」

そう言ってオレは卵を抱えて干し草の中へと寝かせるが、すぐさま飛び出して後をついて来ようとする。

このままではイタチごっこだな。仕方なく、オレは最終手段に出ることにした。

「すまん。ジャック、ドラちゃん、バーン。ちょっとこの子を抑えててもらえないか」

「仕方ねぇな」

「了解です！　ご主人様」

「ぴぃー！」

ジャックとドラちゃん、それにバーンが上から卵の上にのし掛かり、そのまま干し草の中へと押し込んでいく。

ジャックやドラちゃんはともかく、さすがに子供とは言えワイバーンにのしかかられては身動きできず、そのままジタバタするしかない卵。

うーむ、なんだか悪い気もするが、許してくれ。

「ごめんな、すぐに戻ってくるから。それまですまないけど三人とも頼むよ」

「おう、任せときな。兄ちゃん」

「はーいです！」

「ぴぃー！」

三人のその返事にオレは静かに頷《うなず》く。

多少の心配はあるが、あの三人に任せておけば大丈夫かと思い、そのまま扉を閉める。

「それにしてもアンタ、ずいぶんとあの卵に好かれてるのね？　もう子供みたいなものなんじゃないの？」

リリィのからかうような発言に、言われてみればそうだなとオレも頷いた。

「確かに、あんだけ長く一緒にいるとな。正直、どんな魔物が生まれようとも可愛がるつもりだよ」

ジャックは子供というよりも仲間みたいなもんだ。むしろ悪友ポジションか。

その点を考えれば、あの卵はオレが一番手間暇《てまひま》をかけて育てている子と言える。二番目はドラちゃんかな。

なんにしてもあの卵からどんな子が孵ってくるのか楽しみだ。

そんなことを考えながらオレは食堂コンテストの会場へ向け走っていく。

そのころ、ボロ屋にて、あの卵にこれまでにない異変が起ころうとしていた。


『――ぴきっ』

◇　◇　◇

「とうとう始まりました！　食堂コンテスト！　我が街の名だたる食堂屋全てが参加しております！　司会者は私ギルドカウンターの受付嬢《うけつけじょう》サリー！　審査員はこの街の領主エクレーゼル様とその他美食会の皆さんでーす！」

司会者のその紹介に歓声を上げる観客たち。参加者の数は五十人を超えている。

だが、その中でもオレ達の敵となるのはただひとり。

ジョンフレストランのオーナーと、その隣に立つ落ち着いた様子の少女。

おそらくあれがグルメ貴族なのだろう。

予想よりも遥かに美少女であり、長い黒髪に貴族風の衣装を身にまとったその姿は見る者の目を奪う。

と、そんな風にオレがマジマジと見つめていると、その視線に気付いたのかグルメ貴族がゆっくりとこちらへ近づいてくる。

「……はじめまして」

そう言ってほぼ無表情なままその少女はオレの眼前まで近づいてきた。

「あ、ああ、はじめまして」

「もしかして、あなたがこの街で魔物の栽培を行っているという人物でしょうか？」

その問いにオレは一瞬ドキリとするものの、隠していてもいずれはバレるだろうと思い素直に答えることとした。

「ああ、そうだ。名前はキョウ。この街で魔物を栽培している者だ」

「なるほど、やはりそうでしたか」

しばしの沈黙《ちんもく》の後、オレの顔をじーっと見つめていたその少女は再び口を開く。

「今から開催される食堂コンテスト。おそらくあなたは栽培した魔物を使っての料理を披露するのですよね？」

「まあ、そうなるな」

「では、ひとつ勝負をしませんか？」

勝負とな？

「もし、あなたが勝ったら私の身柄、お好きにしていただいて構いません。どんな命令も聞き入れましょう」

はい⁉　この子なに言ってんの⁉

「ですが、私が勝った時は、あなたの身柄をいただきます」

ホワイ？　え、なに、マジでこの子なに言ってんの……？

「では勝負の方、楽しみにさせていただきますね。私はグルメ貴族のフィティス。どうぞお手柔らかにお願いいたします」

オレが呆然《ぼうぜん》としていると、こちらの返答を聞かぬまま、そのままグルメ貴族は勝負の約束を終わらせる。

「え？　ちょ、まっ……！」

オレが先ほどの内容を尋ねるよりも先に、フィティスと名乗った少女は背を向けてゆっくりと立ち去る。

えっと、一体どういうことなんだ？

なんで、向こうがオレの身柄を？

あ、でも、あんな少女に捕まってあれやこれやされるのは……あり、か？

とかアホなこと考えていると隣に立つリリィが冷たくこちらを睨《にら》んでいた。

い、いや、わかってますよ。負ける気なんてありませんから。

向こうの思惑はよくわからないが、オレはオレがやれる全力を尽くすだけだ。

ミナちゃんのためにも、ここでオレの活躍を街の皆に見せてやるさ。

「それではお待たせしました！　食堂コンテストの開幕です！！」

司会者のその宣言で、食堂コンテストが遂《つい》に始まった。

「ほお、これは素晴らしい。紅蓮龍《ぐれんりゅう》の肉にレモンドラゴンの果実で味を付け、クイーンパインプラのサラダとシースルークラーケンの活き造り。さすがは前年度の優勝者ジョンフレストランと、その助っ人として参加したグルメ貴族の料理。まさに逸品です」

感嘆《かんたん》の息を上げながら出された豪勢《ごうせい》な料理を口に入れる領主と、その周りの美食会メンバー。

ちなみに美食会メンバーについては「う・ま・い・ぞおおおおおおお‼」というどこぞで聞いた感想しか言ってない。

まあ、それでなくともあんなもの遠目にも間違いなくうまいのが分かる。

ここまでいろんな食堂屋がその料理を披露してきたが、やはりジョンフレストランが出してきた料理はそれを軽く上回っていた。

事実、これまで出された料理の点数は五、六点。高くとも七、八点だった。

だが、ジョンフレストランが得た点数は九・八。事実上の優勝数字だ。

レストランのオーナーはどうだと言わんばかりに豪快に笑っている。

隣では例のグルメ貴族、フィティスと名乗った少女が最初と変わらないまま落ち着いた様子で瞳《ひとみ》をつぶっている。

うむ、余裕とはまさにああした態度を言うのだろうな。

とは言え、オレ達も負けるつもりはさらさらない。

いまこそ、この日のために栽培したオレの魔物と、それを生かす調理法を見せる時だ。

オレとミナちゃんは互いに頷き合い、共に舞台へと駆け上がる。

「では最後に本年度初参加！　以前はしがない小さな食堂屋でしたが、ここ最近の食材の質向上で一部の食通達を唸らせ、店主兼看板娘《かんばんむすめ》の笑顔にやられ密《ひそ》かにファンクラブ増大中！　庶民の代表店ミナ食堂屋でーす！」

司会者からのその紹介に思わずドキドキと緊張した表情を浮かべるミナちゃん。

そんなミナちゃんの肩にオレは軽く手を置き微笑む。

目が合うと、彼女は少し落ち着いた様子を取り戻していた。

一方で司会者の口からは更なる紹介が続けられる。

「またこちらのミナ食堂屋も、ジョンフレストラン同様に助っ人参加の模様！　その人物はこの街の外れにて魔物を栽培しているという奇想天外《きそうてんがい》な人物キョウ選手ですー！」

とオレの紹介がされた瞬間、会場中が一気にざわつくのが感じられた。

「あいつが例の街外れで魔物の栽培をしてるやつか？」

「大丈夫なのかよ、危険じゃねえのか？」

「いや、オレ以前あいつの育てた魔物食べたことあるんだけど、これがほかの魔物よりも瑞々《みずみず》しくてすげえ新鮮なんだよ！」

「けど魔物だぞ？　襲ってきたりしないのかよ」

やはり街の中でのオレの評判はまだ批判も多い。ここでなんとか印象を覆《くつがえ》したいところだ。

オレとミナちゃんは互いに頷き合い、用意した料理を領主を含む審査員達の前へと運んでいく。

「メニューはジャック・オー・ランタンのスープ。デビルキャロットのソテーとマンドラゴラの花添え。コカトリスのキラープラントソースがけ。焼きエントタケです」

どれもうちで採れた一級品の食材。マンドラゴラの花は、ドラちゃんの好意により頭についていた花を分けてもらった。

マンドラゴラは本体の方が味がいいのだが、花の方も食べられるらしく風味もよく味もついていた。

ただ一度採ると生えてくるのに数週間かかるので、そんなに頻繁《ひんぱん》には食べられない。

まずは領主ほか審査員達がスープとデビルキャロットのソテーを食べる。

その味が想像以上だったのだろう。感嘆の声をあげながら全部食べきってしまった。

そして、引き続き匂いが香ばしい焼きエントタケに食らいつく。

「これは……素晴らしいな。食べる前からの香りもそうだったが、食べてなおその風味が口の中に残り食欲を刺激する。正直、ここまで結構な料理を食べていたのだが、この香りが食欲を刺激して、思わず食が進んでしまう」

隣では美食会メンバーがやはり「う・ま・い・ぞー!!」と言っている。

ジョンフレストランに次ぐ高評価の感想だ。

だが、やはり直前に連中の料理を食べていたために、それに比べれば一歩劣るという印象だろう。

　ならば、勝負は最後の料理。黄色いソースをまんべんなくかけられたコカトリスの肉を口に運ぶ領主達、そして、

「……！」

　領主を含めた審査員達全員のフォークが落ちる。

　その後、料理の審査による点数が発表されたとき、会場中が息を呑《の》んだ。

　一〇点。

「なっ……！」

　その点数にさすがのジョンフレストランのオーナーもポカーンと口を開け、それまで隣で静かに立っていたグルメ貴族フィティスまでも初めてその表情を変えていた。

「こ、これは！　まさかの大どんでん返しー！　ジョンフレストランを上回る最高点一〇点により、ミナ食堂屋の勝利です――!!」

　わっと沸き出す会場。その場の雰囲気が一気に変わるのが感じられた。

「おい！　あいつら領主様はおろか美食会メンバー全員から満点をもらったのか！」

「す、すげえ、あのグルメ貴族以上の料理なんて一体どんなものなんだ……！　食べてみてえ！」

「だから言っただろうが、あの兄ちゃんが育ててる魔物は普通とは違うんだよ！」

「確かに……オレもちょっと興味が出てきたぞ！」

そんな観客たちの声を背に、オレとミナちゃんもまさかの最高得点に思わずはしゃぎ、観客席にいたリリィまで飛び出して喜び合っていた。

「お待ちください」

が、その瞬間、静かな一言によって会場中の喧騒《けんそう》が止まった。

「理由をお聞かせいただいてもよろしいでしょうか？」

それはあのグルメ貴族の少女フィティスだった。

領主の前に立ち、その理由を問う。

「私は世界各地から様々な高級食材となる魔物を手に入れてきました。今回料理に使った紅蓮龍は上級冒険者グループを雇《やと》いなんとか討伐に成功したもの。シースルークラーケンに至っては数年に一度氷塊《ひょうかい》の絶海に現れる幻《まぼろし》のイカ。それを捕らえるのはまさに最難関でした。ですので問わせてください、私が集めた高級素材がなぜ負けたのかを？」

彼女の問いは至極もっともだろう。

おそらくは彼女が出したのは間違いなく一級品の食材を使った絶妙な料理。

それがぽっと出のオレ達に負けたのだから、素直に納得するなんて出来ないだろう。

「それについての答えはこの料理を食べればわかるでしょう」

そう言って領主が差し出したのはコカトリスのキラープラントソースがけ。

オレ達が出した料理の中で明らかに高級素材と思われたのは焼きエントタケ。

それではなく、ごくありふれた食材であるはずのコカトリスのキラープラントソースがけを差し出され疑問符を浮かべるグルメ貴族。

だが、それを一口食べた瞬間、それまで無表情だった彼女の表情が変わる。

「⁉　こ、これは……！」

「わかったかね」

グルメ貴族は信じられないと言った表情を浮かべる。

そして、間髪《かんはつ》入れずこちらの方へ早足で近寄り、オレを問い詰める。

「……これは一体どうやって調理したのですか？　教えなさい」

かなり顔が近いんですが。まあ、それはともかくこうなることを見越してオレは今回の料理の隠し球である魔物を連れてきていた。

「分かりました。では、お教えしましょう。これがその料理の秘密の魔物です」

そう言って各出場者が食材を保管しておく倉庫からオレが持ってきたのは壺《つぼ》の中に入れてきたキラープラント。ちなみにちゃんと生きてます。

それを見るや否や会場中が大騒ぎ。

「な、なんとー！　ここでミナ食堂屋の魔物栽培士が出してきたのはキラープラントだー！　というかそれ無差別に人を襲いますよー！　なにを考えてるんですかー！」

オレが持ってきたそれを見てすぐさま護身用の剣に手を伸ばすグルメ貴族。

だがやがて、奇妙な点に気づき、その警戒を緩め始める。

「……どういうことですの？　なぜ襲ってこないのですの？」

そう、こちらが連れてきたキラープラントは全く人を襲う気配がなかったのだ。

もちろんすでに成熟し、その口からは牙も生えている。だが動きは緩慢《かんまん》であり、人を襲う気力がまるでない。

それに会場中の人も気づいたのかやがて疑問の声が次々と上がっていく。

「簡単なことですよ。おそらくこれが本来のキラープラントの姿だからですよ」

オレのその答えに会場中はおろか、目の前のグルメ貴族すら疑問をあらわにする。

「……説明してください」

「まず、こいつは普通の平地や森や土のある場所で育てたやつじゃない。こいつはここから北にある草一本生えない、水が全くない荒地で育てたキラープラントだ」

「!?　馬鹿な、そのような場所でキラープラントが育つはずがありません！」

まあ、そう思うのが普通だよな。キラープラントだけでなく、普通の植物や魔物なんかもそうだ。

「ところが、キラープラントは育つんだよ。むしろ、こいつだからこそ育った」

「どういうことですか？」

「ある漫画で見たことがあるんだ。断食《だんじき》農法ってやつをな」

それは、必要最低限の水や肥料で植物が飢えるぎりぎりの状態に追い込んで、本来の力を最大限まで引き出し旨《うま》みを上げる農法。

オレは前々からキラープラントに対して一つの疑問を持っていた。

それは成長した際、むやみやたらに人を攻撃することだ。

人だけでなく隣のジャック・オー・ランタンなどに手当たり次第に襲いかかるのは、明らかに捕食《ほしょく》や栄養を得るための行動ではなかった。

そこでオレは発想を逆転させた。もしかしたらキラープラントは育ちすぎて元気が有り余って凶暴になっているのではないか？

キラープラントが実らせる果実はトマトに似ている。そして、トマトは肥料を与えすぎると水太りになると聞く。

つまり、キラープラントが育っている環境はむしろ彼らにとっては栄養過多なのではないか？

そこでオレはあえて荒地で水を必要最低限にし、奴らをスパルタ的農法で育てることにした。

すると、成熟した後も奴らは人を襲うことはなく、むしろ自身の実を実らせるのに集中している感じだった。

「そして出来上がったのが、この黄色い果実。これこそがキラープラントの本来の果実。その旨さ、甘さ、全て既存のキラープラントの果実の遥か上を行く。そこらの高級素材にも負けない味が、ありふれた魔物に隠されていたってわけさ」

そう言ってオレは育てたキラープラントからもぎ取った黄色い果実をグルメ貴族に向

けて投げる。

それを一口かじり、グルメ貴族は静かに納得したように俯《うつむ》く。

「……参りました。まさか、高級食材に負けない味が、そこらの平凡な魔物から生まれるとは。どうやら私の完敗のようですわ」

その言葉に会場中が息を呑み、そしてそれを確認すると同時に再び領主が声を上げる。

「では、これで両者共に異論はないな？　この勝負、ミナ食堂屋とそれに貢献した素晴らしき魔物栽培士キョウの勝利とする！」

その宣言に今度こそ会場中の人間が歓声を上げ、祝福《しゅくふく》をしてくれた。

「すげえ！　あいつすげえぞ！　あの凶暴なキラープラントをほとんど無害に、しかも高級食材に匹敵する味にしちまうなんて！」

「やっぱあいつただの魔物栽培士じゃねえや！　オレは信じてたぜ！」

「よう！　兄ちゃん！　今度アンタの家に行くからそのキラープラントの実、オレに分けてくれよ！」

「バカ野郎、うちのほうが先だ！　兄ちゃん！　ぜひうちと取引してくれよ！」

「それならうちだってー！」

次々と観客達から湧き上がる賞賛《しょうさん》。

それはこれまで得体のしれないものだった魔物栽培が、この街の利益になると認められた瞬間であった。

オレは隣に立つミナちゃんと頷き合う。彼女の期待にも応《こた》え、無事に結果を出せたことに満足していた。

◇　◇　◇

「それにしてもキョウ。アンタ本当に大したものじゃない。今回ばかりは誇ってもいいんじゃないの？」

そう言ってボロ屋への帰り道、珍しくリリィがオレのことをベタ褒めしてくれた。

「まーな。けど、オレ一人の力じゃねえよ。ミナちゃんのおかげもあるし、なによりお前の協力があったからこそだぜ。感謝してるぜ、リリィ」

そんなオレの感謝の言葉に対し、リリィはいつもの強気はどこへやら、なにやら照れたようにそっぽを向く。

「べ、別に。アンタの魔物栽培にはアタシも助けられてるし、あくまで相棒《あいぼう》として手を貸してるだけよ。けどまあ、そこまで言うならアタシのこと、もっと頼ってもいいわよ」

最後のほうは小声に、しかしちゃんと聞こえるように呟《つぶや》く。そんな彼女にオレは微笑みを返す。

そうして、小屋の前まで着いた時、なにやら騒がしい音が聞こえてきた。

「ん……？　なんだ、中がなにか騒がしいような……？」

扉を開こうとした瞬間、中から何かが走り回るような音と、叫び声にも似た悲鳴がいくつも聞こえてきた。

その悲鳴はジャックやドラちゃん、バーン達のものであった。

「まさか……泥棒《どろぼう》!?」

以前にもドラちゃんを狙《ねら》ってゴロツキ冒険者達が中に押し入ったことがあった。

それを考えればオレの留守中にそうした連中が中に入る可能性も十分にある。

オレはすぐ後ろに立つリリィに目配せをして、扉を開き、中へと躍り込む。

「三人とも無事か!?」

すぐさま三人の無事を確認するべく中を見渡すが、そこにいたのは意外なもの、いや人物であった。

「すぃー！」

それはおよそ五～六歳ほどの幼女であろうか。

クリクリとした愛らしい瞳。ふわふわとした銀色の髪を足元まで伸ばし、その姿はまるで天使のように可愛らしかった。

その幼女は片手には目を回したドラちゃんを摑み、もう片手にも同じく目を回したバーンを摑んだまま、オレの胸へと飛び込んでくる。

「すぃー！」

「うわ、わわっ、わっと！」

なんとかうまくキャッチするものの、見たこともない幼女にいきなり飛びつかれて困惑する。

それはリリィも同じだったようで抱きついた幼女と、そのまま尻餅《しりもち》をついているオレを交互に見ながらポカーンとした表情を浮かべている。

「すぃ〜」

一方の幼女はオレに抱きついたまま、嬉しそうに頬《ほお》を摺《す》り寄せている。

「き、キョウ、この子……一体誰？」

それはむしろオレの方が聞きたい質問であった。

そんな時、小屋の奥で転がっているジャックがオレ達に気づいたのか、そのままこちらへと転がって来て口を開く。

「よお、兄ちゃん。帰ったのか」

「ジャック、無事だったのか。というかこの子は一体誰なんだ？」

オレがいない間に、知らない子が小屋の中に入ってきたのかな？　と思ったが、続くジャックのセリフにオレは衝撃を受ける。

「兄ちゃん。その子は迷子でもなんでもないぜ。むしろ、兄ちゃんがよく知るオレ達の仲間の古株だぜ」

「へ？」

その言葉にまさかという可能性が浮き上がる。

すぐさま顔を上げて干し草のある場所を見る。

その場所を見た瞬間、オレは思わず驚きに息を呑む。

なぜならそこにあるはずの卵の姿はなく、代わりに割れた卵の殻が存在していたからだ。

「……ってことは、まさか……」

オレは改めて胸に抱きついたままの幼女を見て声をかける。

「君、もしかして……あの卵の？」

オレのその問いに、幼女は理解が及んでいるのか、じーっとこちらを見た後、満面の笑みを浮かべて答える。

「すぃー！」

それはまるで「うん！」と大きく頷いているようだ。

その声を聞いて、オレはなぜだか疑うことなく確信できた。

「ははっ……マジかよ」

「すぃー！」

再び元気良く返事して、オレに抱きつく幼女を見て、おかしくなり笑みをこぼす。

隣ではリリィが信じられないといった表情で驚いているのが見えた。

あれだけ時間をかけて育ててきた卵。中にはどんな魔物が入っているのか？　様々な想像をしたつもりだ。

それこそドラゴンや、恐ろしい魔物が入っていたとしても、オレはその子を自分の子供のように可愛がるつもりだった。

だが、蓋《ふた》というよりも卵を開いてみた結果はこれだ。

そこにいたのは魔物というよりも、むしろ人間。しかも天使のように可愛い女の子！

これはまさしく予想の範疇外《はんちゅうがい》。いや、むしろいい意味で裏切られた！

まさか卵から可愛い女の子が生まれるなんて誰が想像できるかよ！

「そっかそっか、まさかお前があの卵の中身だったなんてな。本当に最後まで予想を裏切るなー！　まったく、めちゃくちゃ可愛いじゃないかよ！」

「すぃ～！」

思わずぐりぐりと頭を撫《な》で回すと、それを気持ちよさそうに受け入れる幼女。

しかし、この子が両手に握ったままのドラちゃんとバーンは、目を回している。

「ほらほら、生まれたばかりでテンション上がってるのはわかるけど、あんまり他の魔物をおもちゃにしちゃダメだよ。一応この中じゃお前がジャックに次いでの古株でお姉さんなんだからね？」

「すぃー……」

オレのその言葉に理解を示してくれたのか、ちょっと反省したように両手を離して二人を地面に置く。

「それでお前、一体なんの魔物なんだい？　というか、本当に魔物なのかい？」

卵から孵ったこの子の正体にまるで見当がつかないオレは、思い切って本人に聞いてみるが、当の幼女はまるでわからないとばかりに小首をかしげる。

「すぃ〜？」

「もしかしてその子、喋《しゃべ》れないんじゃないの？」

オレと同じくその子の様子を見ていたリリィがそう呟く。

確かに、これまでずっと「すぃー」としか喋れてない。

反応を見る限り、こちらの言葉の意味はわかっているようだが、喋るのは無理といった感じか。

「そっかそっか、じゃあ仕方ないな」

無理にこの子の正体について知る必要もないかとオレはあっさりと引き下がる。

けれど、その前にひとつ決めておかなければならないことがあった。

「お前の名前、なんにしようか？」

そんなオレの問いかけに幼女は迷うことなく答える。

「すぃー！」

「ははっ、そうだな。お前、さっきからそれしか言えてないからな。じゃあ、単純にその名前で行くか」

そう言ってオレは幼女の頭を撫でながら、その名をつける。

「今日からお前はスィだ！　よろしくな、スィ」

「すぃー！」

これまで以上に嬉しそうな声を上げて、スィはオレの体に抱きついてくる。

「それにしてもアンタのところ、ずいぶんと賑《にぎ》やかになってきたわね」

そのリリィのツッコミを受けて、確かにその通りだと頷く。

ジャックに始まり、ドラちゃんにモチ、コカトリスにバーンとそれからスィ。

他にも庭にはいろんな種類の魔物がいるわけであり、もうすっかり大所帯だ。

けれど、さすがにこれ以上何かが増えるわけもないだろうと思った、その瞬間。

「本当にたくさんの魔物と一緒に暮らしているのですね、キョウ様」

ん？　なにやら知らない声が聞こえてきた。

思わず振り返るとそこにはあの食堂コンテストで戦ったグルメ貴族のフィティスがいた。

「って、フィティスさん⁉　なんでここに？」

「街の方達に聞きました。こちらにキョウ様がいると」

そう言うと彼女は持っていた荷物をボロ屋に置き、なにやら唐突に頭を下げてくる。

「それでは、これよりしばらくこちらにご厄介になりますが、どうぞよしなにお願いいたします」

「へえ⁉」

「は、はあ⁉」

フィティスのそんな発言に思わずオレとリリィの間抜けな声が重なる。

ちょっと待て！　なんでそんなことになった⁉　しかもさっきからなんで様付け⁉

「先ほどのコンテストでの試合。私は自分の未熟さを知ると同時にキョウ様のような素晴らしい発想の持ち主がいることに感服いたしました。私はこれまで高級食材となる魔物を手に入れることばかりに夢中になっていましたが、まさか栽培次第で普通の魔物があそこまでの食材に変わるなんて想像もしていませんでした。しかもただ栄養を与えるのではなく、その真逆の方法を取るなんて、生まれて初めての衝撃でした」

「あ、ああ、それはどうも。と、ところでフィティスさん」

「フィティス、とお呼び下さい。キョウ様」

艶《なまめ》かしい唇を近づけながら名前を告げるフィティス。

というかこの子、気づくとかなり接近してるんですけど。

「いや、というかフィティス。さっきのセリフってどういうこと？　厄介になるって」

「そのままの意味です。今日からキョウ様と一緒に住まうという意味です」

「はい？」

「はあああああ⁉」

再びオレとリリィの声がハモるが、リリィの方はなにやら絶叫に近い声をあげていた。

「戦う前に言ったではありませんか。もし私が負けたらこの身はキョウ様に捧《ささ》げると」

あ、確かにそんなこと言ったような。けど、ちょっと待ってくれ。

「いやいや、オレは別にそんな気ないから！　無理に捧げなくてもいいから！」

「いえ！　そういうわけには参りません！　もはや私は身も心もキョウ様に捧げる所存！　なによりもあの魔物を栽培する知識。ぜひとも私にもご教授《きょうじゅ》ください！」

「い、いや、ご教授くださいって言われても、そんな大したものじゃないし、あとうちは見ての通りのボロ屋で……」

「構いません！　本当ならあなたに近づくのは命令でしたが、もはやそんなのには関係なく、私はあなた様の傍《そば》にいることを選択します！」

「え、ちょ……って待ってくれ。命令？　それって誰の？」

フィティスが唐突に呟いたその発言にオレは思わず問いかける。

「さあ、私も詳しいことまでは。ただある日、あなた様のことを記《しる》した手紙が届き、近づくよう書かれていただけですので。依頼主までは……」

手紙？　オレのことを記した？　なにやら胡散臭《うさんくさ》い話だな。あ、ということは。

「大会の前にオレの身柄を要求したのも、もしかして？」

「はい。私を雇った人物があなた様の身柄を求めてきたのです」

そこまで話してなぜ彼女が大会前にあんなことを言ったのか理解した。

貴族であるフィティスにそんな命令を下せる奴がいるのか？

そうオレが疑問に思った時、隣で聞いていたリリィも同じ想像をしていたようだ。

「ねぇ、アンタ。フィティスって言ったわよね。いま、その手紙って持ってるの？」

「はい、ここにありますが」

と、アッサリと胸から取り出した手紙をリリィに渡すフィティス。

それを見たリリィはその手紙に押されていた印影《いんえい》を見て、驚愕《きょうがく》の表情を浮かべる。

「六大勇者の印章……」

六大勇者？　なんだそれ？　確か以前にもリリィが呟いていたような気が……。

詳しくリリィに問いかけようとするが、それを邪魔するようにフィティスがオレに抱きついてくる。

「そういうわけですので、私は依頼や依頼主など抜きにしてもあなた様のお側に仕えます！　きっと私に手紙を与えた方も、私をキョウ様という素晴らしいお方と引き合わせるために送ってくださったのでしょう！」

「ちょ、なんでそうなるんだよ！」

なんか自分の都合のいいように勝手に解釈《かいしゃく》してオレに抱きつくフィティス。

それを見てリリィはおろか、周りにいたドラちゃんやスィまで騒ぎ出してオレに詰め寄ってくる。

「キョウ！　アンタなにデレデレしてんのよ‼」

「お前はこれがデレデレしてるように見えるのか⁉」

「うう〜！　ご主人様〜！　私というものがありながら〜！」

「すぃー！」

ああもう！　気になることは色々あるのに、ツッコミが多すぎてそれどころじゃない！　とりあえず今はそれよりも——

「いいから離れろ——‼」

抱きつくフィティスをなんとか引《ひ》き剝《は》がしながら、ついでにリリィ、ドラちゃん、スィに言い訳するオレを楽しそうに眺めているジャック。

モチはそんなオレ達を遠目に見ながら、新しい住人のために早速糸を吐いてベッドを作っていた。意外と勤勉《きんべん》なやつだ。

ついでにバーンはこいつも構って派なのか、オレの頭の上に乗って存在をアピールしてくる。

異世界に来て魔物を栽培している内に、気づくとオレの生活も随分賑やかになりました。

MONSTER DATA -003-
?????????
《危険度》?
《価 値》?????
《性 格》?????
????????????
キラープラント
《価 値》★☆☆☆☆
《危険度》E
《性 格》かなり好戦的
どこにでも存在する植物型魔物。
近づくものを見境なく襲う。
実らせている果実は一般的な食用果実。
It is a different world,
but we are
monsters cultivation.

第五章　雪の魔女

「アンタ、魔物を栽培《さいばい》するのはいいけど雑草まで栽培するのはさすがに行き過ぎじゃない？」

　現在オレが育てている魔物を見たリリィの発言がこれである。

　彼女が言っていることは紛《まぎ》れもない真実。

　なぜならオレが今育てているのは初心者冒険者でも狩れる雑魚《ざこ》中の雑魚、いわゆるこの世界におけるスライム的なモンスター、ウィードリーフと呼ばれる雑草魔物だからだ。

　ちなみにオレでも倒せるくらいの雑草っぷりだ。

　これにはさすがのグルメ貴族も困惑、なのだが。

「いえ、キョウ様にはなにか深いお考えがあるのかもしれません。さすがはキョウ様です！」

　あれからフィティスは半ば強引にオレのボロ屋で共同生活するようになった。

　幸いボロ屋の中はそれなりのスペースがあったので、こいつは別の部屋を使ってもらっているが、朝気づくといつの間にかオレのベッドに潜り込んでいる。勘弁《かんべん》してくれ。

またオレがやっている魔物栽培に関しても常に隣で観察をしており、その度に「素晴らしいですわ！」とか「さすがですわ！」とよいしょしてくる。

最近だと「さすがですわ！」しか言わないのでもうこいつのことは「さすキャラ」だと思うことにしておいた。

「で、本当になんでこんなのを育ててるの？」

そんなことを考えていると、リリィが改めて聞いてくる。

「まあ、ちょっと欲しいものがあってな。それをこいつで作ろうかと思って」

「こいつで？　言っておくけどこいつ食べられないわよ」

それはオレも知っている。なにしろ見た目がまんま雑草の塊《かたまり》のような魔物だ。

ぶっちゃけただの草なんで煮ても焼いても食えない。だが。

「まあ、こいつにはこいつの使い道があるんだよ。ここ最近異世界暮らしが長くて口に入れてないやつがあってな。やっぱ日本人にとってはあれがないと寂しいのよ」

話を聞きながら、ますます疑問符《ぎもんふ》を浮かべるリリィ。

とは言え、さすがにちょっと育てすぎたかな？

すでに庭のあっちこっちに雑草の塊のような魔物がうじゃうじゃ湧《わ》いてほかの魔物ゾーンを侵食している。

「まあ、別にいいけどあんま増えすぎて街に迷惑かけないようにしなさいよ」

「へーい」

そう生返事をしながら作業をしているオレに、不意に何かが背中から抱きついてくる。

「すぃー！」

「おっとと、こらこら、スィ。そんなに抱きついてたら作業できないだろうー？　まったくしょうがないなー、じゃあ、肩車してやるからそれで我慢できるか？」

「すぃー！」

元気の良い返事をして、早速オレの肩によじ登っていく。

卵から孵《かえ》ってからというもの、この子はこうしてオレにべったりと引っ付いてくる。

そんなスィを抱えて作業していたオレの元に領主からの使いの兵士がやってきた。


「ご主人様、それはなにをしているんですか？」

「ああ、ウィードリーフでちょっとあるものを作ってんだよ」

領主様からの呼び出しは実に単純なものだった。

オレが育てたウィードリーフが溢《あふ》れ出《だ》して街の中を闊歩《かっぽ》していたんで、今すぐなんとかしろというものだった。

つまり、役に立たないウィードリーフの栽培をやめろというもの。

領主の館から戻った俺はすぐさま、育てたウィードリーフの髪の毛、いわゆる雑草部分をあらかた抜いて、それをお湯の上で蒸熱《じょうねつ》していた。

オレはウィードリーフであるものが開発できるかもしれないと領主を説得し、しばらくの猶予《ゆうよ》をもらい、こうしてウィードリーフを使った新たな開発を行っていた。

しかし正直、この手の作業は初めてなので詳しいことはわからないし、以前に見たテレビ番組の知識を思い出し、萌え植物図鑑を片手に探り探りやっている。

まあ、最初からうまくいくのは期待していないが、それでも形になってくれればいい。

そんなオレの作業を足元で観察していたドラちゃん。

そこにフィティスが小屋に入ってきて、作業をしているオレに近づき、腕を絡《から》める。

「まあ、キョウ様。今日はどんな作業をなさっているのですか？」

「見りゃ分か……るわけないか。まあ、簡単に言うと雑草を使った飲み物を作ってるんだよ」

「雑草を使った飲み物ですか？　それはすごく興味深いです！　キョウ様、ぜひ私にもお教えください！」

「だー！　だから今作業してるんだって！　そんなに知りたかったら、うまくいったあとで教えるから引っ付いて邪魔しないでくれー！」

「すぃー！」

「ちょ！　スィも今はダメだって！　ちゃんと後で一緒に遊んであげるから、今はもうちょっとだけ待っててくれよ」

「すぃー……」

いつものように次から次へとオレに絡みつく二人の対応をしていたが、その時のオレはまだ気づいていなかった。

オレ達が和気あいあいとしている隣で、それをじっと見ているドラちゃんの表情がいつもよりも不機嫌だったことに。

◇　◇　◇

「これは？」

目の前に差し出されたものを見て領主は怪訝《けげん》そうな顔をする。

まあ、それはそうだろう。なにしろ初めて見る色の水なんだからな。最初は毒かなにかかと警戒される。

「どうぞお召し上りを。言っておきますけど毒じゃありませんよ。なんだったらオレが先に飲みましょうか」

そう言ってオレが注《そそ》がれたそれを飲むと、ようやく領主も納得したのか口に運ぶ。

「……これは！　口に含んだ瞬間、得《え》も言われぬ渋みと香ばしさがある。ですがそれが全く不快ではなく、むしろ美味《おい》しさを感じる！　これは一体なんですか⁉」

「お茶です」

とオレは断言。

雑草と言われたウィードリーフを蒸熱して乾燥させ、出来た茶葉を煮出したもの。

まだまだ荒削りでかろうじて味のあるお湯程度だが、途中の工程を改良すればもっとよくなる自信はある。

まあ、初めてにしてはまあまあだろう。と自分で自分を褒《ほ》めるようにお茶を飲む。

「素晴らしいですよ、キョウ君。さすがは我が街の民が認める魔物栽培士。よければ今後とも、このお茶なる飲み物を提供してもらえないでしょうか？」

「もちろん、構いませんよ」

領主様からの期待のこもったセリフにオレは爽《さわ》やかに応じた。

しかし、こうしてお茶も上手《うま》く栽培できたことだし、次は別のに挑戦してみるか？

ちょうど今現在、豆科のジュエルビーンズと呼ばれる魔物を栽培している。

こいつの栽培がある程度出来たら、今度はあの調味料を作ってみよう。

まあ、こちらはお茶とは違って試作品を作るのにも数ヶ月以上かかるだろうが、やっておいて損はない。

そう思い、領主様の館から帰ったオレは早速その調味料作りを始めるのだった。

◇　◇　◇

私はいますごく不機嫌です。

私、マンドラゴラのドラちゃんといいます。

ご主人様と一緒にこの家に住んでいます。

普段はお昼寝が趣味で、ぽかぽかと気持ちのいい時間は地面の中で眠っています。

夜はご主人様のベッドに勝手に潜り込んで一緒に眠っています。

そんな感じで私は生まれてから、ご主人様のそばで毎日楽しく暮らしていました。

だから、こんな気持ちになったのは本当に生まれて初めてです。

原因は最近ご主人様と一緒に暮らすことになったグルメ貴族のフィティスさん。

なんだかほとんど無理矢理にご主人様と暮らすことになった彼女。

寝ているご主人様の隣に移動して、こっそりいつも一緒に寝てます。

翌朝起きたご主人様が毎回すごく動揺《どうよう》していますけど、そのやりとりが最近なんだかムカムカします。

それだけならまだ良かったんですが、もうひとり私のライバルとも言える存在が現れました。

「すぃー!」

「わっと、どうしたー？　スィ」

そう、スィちゃんというご主人様の子供です。

彼女は私がご主人様に育てられる前からご主人様の元にいた卵さんです。

ジャックさんいわく、自分の次に古株《ふるかぶ》で、多分ご主人様が一番面倒を見て育てた子みたいです。

そのせいかスィちゃんが生まれてからというもの、ご主人様の傍《そば》にはいつもスィちゃんが引っ付いてます。

ご主人様もスィちゃんに対しては他の魔物よりも過保護《かほご》な部分が見えます。

確かにスィちゃんは私たちの中でも古株かもしれませんが、先に生まれたのは私の方なんです。

だから、私のほうがスィちゃんよりもお姉ちゃんでご主人様の隣にいるのは私なんです！

そんなよくわからないことを思いながら、今日もフィティスさんとスィちゃんにベタベタされているご主人様を見て不機嫌になっていると、そんな私に気づいてかご主人様が声をかけてくれます。

「ドラちゃん。最近、やたら不機嫌みたいだけどなにかあったのかい？」

「なんでもありません」

その度にご主人様に対してツンとした態度でそっぽを向いてしまいます。

いつもなら頭に乗ったり肩に乗ったり、ご主人様の上でお昼寝していたのに、最近ではそれも全然出来なくなりました。

なぜならご主人様を慕《した》っている魔物は他にもたくさんいるから。

以前まで私が乗っていたご主人様の頭にはバーンちゃんというワイバーンの子が。

足元にはご主人様が拾ってきたというカイコロモチのモチちゃんが。

それになんだかんだでご主人様とは一番古い付き合いのジャックさん。

それからスィちゃん。

他にもリリィさんと、フィティスさん。

特にご主人様とリリィさんのふたりは傍目《はため》から見ても信頼し合っているのがわかります。

それは魔物である自分たちとは違う人間同士における信頼関係だということも。

楽しかったはずのご主人様と一緒にいる時間。

けれど、そこに私はいなくてもご主人様は幸せそう。

もう私がご主人様の傍にいる意味なんてないんだろうか？

そんなことを思っているうちに、私はご主人様のいる家から出て、森の方へ走っていました。

どれくらい経《た》ったのか、空はどんよりと曇って雨まで降ってきました。

私は急いで近くの樹の下に行き、雨宿りをしました。

しばらくぼーっと雨を眺《なが》めていると向こうから誰か……というよりなにか？　がやってくるのが見えました。

「ジャックさん……」

「よお」

ふわふわと浮かんできたそれはジャック・オー・ランタンのジャックさんでした。

しばらく浮かんでいた彼は私の隣に座ると不意に話しかけてきました。

「なんでまた勝手に出て行ったんだ。兄ちゃん達が心配していたぞ」

「そうですか」

そのセリフを聞いて嬉《うれ》しく思う自分がいるのと、心配をかけて申し訳ないと思う自分がいました。

「……私、最近なんだか変なんです。ご主人様がほかの女の人と仲良くしてるの見ると嫌な気分になって落ち込んで、でもそういう気持ちになる自分が一番嫌で……」

私はここ最近、胸の内で感じていた思いを初めて誰かに打ち明けました。

どうしてこんな気持ちになるのか自分でもわからない。

そう思っていた私にジャックさんが答えてくれました。

「ドラちゃん。アンタ、兄ちゃんのことが好きなんだな」

「え？」

思いもよらない言葉でした。

確かにご主人様のことは好きでしたけど、それを口にされた途端、なぜだか胸がドキドキして顔が真っ赤になりました。

「ドラちゃん。アンタの好きってのは異性としての好きってことだ。アンタは兄ちゃんに惚《ほ》れてる。だから自分以外に兄ちゃんと仲良くしてる女性を見ると嫉妬《しっと》しちまうんだろう」

初めて誰かに指摘《してき》されることで私は気づきました。

何気ない毎日をご主人様と過ごすうちに、その優しさに惹《ひ》かれていったこと。

種族の垣根を超えて好きになっていたこと。

私は私自身でも気づかないうちにご主人様を愛していたことを。

「で、でも、私……マンドラゴラだし……ご主人様とは」

「種族が違うからって好きって気持ちを否定することはねーだろう。好きにならない理由よりも好きになった理由を大事にしな」

ジャックさんにそう言われて私はなんだか吹っ切れました。

私はご主人様が好き。ならそれを素直に心に抱こう。

ご主人様が育ててくれた私という存在ごと大事にしようと、そう思いました。


そうして雨が止《や》むのを待っていると再び雨の向こうから誰かが来るのが見えました。

それは全身を真っ白いローブで包んだ不思議な人。

男なのか女なのかわからない。けれど、どこか普通の人とは違う気配でした。

「……マンドラゴラ」

そう呟《つぶや》いた人物が何かを詠唱《えいしょう》すると私の体が拘束《こうそく》され宙に浮かぶのを感じました。

慌てて声を出そうとしても言葉は口から出てきません。

その人物の手の中で、私を取り戻そうと体当たりをするジャックさんが振り払われる姿を見ながら、私の意識は闇《やみ》へと沈んでいきました。

◇　◇　◇

「ドラちゃんがいないぞ」

そのことに気づいたのはついさっき。

いつものように庭でお昼寝しているのかと思ったら姿が見えず、家の中を探してもどこにもいない。

「ドラちゃんと言いますとあのマンドラゴラですよね？　前々から思っていたのですがキョウ様はマンドラゴラの栽培にも成功していたのですね。やはり素晴らしいお方です」

「ああ、まあな」

そう言っていつものように尊敬の眼差《まなざ》しを向けてくるフィティスに生返事をしながらも必死にドラちゃんを探す。

うーむ、やはり家にも庭にもいない。ということは外に出かけたということか？

見ると空はどんよりと曇り、パラパラと雨も降り始めている。

「……オレ、ドラちゃんを探しに行ってくる」

「え、ですが危険ですよキョウ様。雨も降り始めていますし、あのマンドラゴラも待っていれば帰ってくるのでは」

そう言って引き止めるフィティスだったが、

「あの子はオレの家族なんだ。探しに行くのは当然だろう」

オレははっきりと断言した。そのまま家の扉を開けるとそこには見知った人物の顔があった。

「相変わらずここに来るたびに厄介なことが起きてるわね」

「リリィ」

「アタシもついて行くわよ。ドラちゃんのこと心配だからね」

どうやら扉の外から事情を聞いていたようだ。

いつもながらナイスタイミングで手助けをしてくれる奴だ。

「……ではキョウ様が行くというのなら僭越《せんえつ》ながら私も」

「すぃー！」

「ぴぃー！」

と後ろからフィティス、スィ、バーンも近寄り、同行を申し出てくれた。

「ありがとう、皆」

ちなみにモチにはお留守番を頼んだ。

そうしてオレは皆と共に雨が降りしきる森の中をドラちゃんを探し、走り回る。

「すぃー！」

しばらくした後、スィが何かを見つけたようで大きな樹の前でオレ達を呼んだ。

そこへ近づくと樹の下に転がる一個のかぼちゃを見つけた。

「ジャック！　お前、そんなところでなにしてんだ⁉」

「に、兄ちゃん……」

見つけたジャックは明らかに憔悴《しょうすい》した様子で、だが何かを伝えようと最後の力を振り絞っていた。

「兄ちゃん……ドラちゃんは白いローブの魔法使いにさらわれた……そいつは、ここから北の方角へ消えた……す、すまねぇな……役に立てなく、て……」

ガクッ。

「ジャ――――ック‼」

「いや、気を失ってるだけだから」

わかってるけどついノリで。

「それはともかくここから北の方角か、なにかあるのか？」

オレのその疑問に先ほどのノリはどこへやらシリアスな雰囲気をまとわせたリリィが答える。

「雪の魔女の山脈ね」

なんですか、その雪の魔女って。

見ると隣に立つフィティスはその単語にぴくりと反応していた。

「この地方に伝わる噂《うわさ》のひとつよ。ここから森を抜けた先に雪に閉ざされた山があるんだけど、いつの頃かその雪山に一人の魔女が住むようになったの。いわくその魔女は天候を操り山を雪に閉ざしている。いわくその魔女は魔物を生み出している。いわくその魔女は人間たちに憎悪を抱いている。とにかくどれが真実かもわからない噂が流れては、その魔女を退治しに行った連中が次々と氷漬《こおりづ》けにされて山の入口に放置されたわ。幸い全員生きてたみたいだけど」

「そんな噂になるほどの危ない奴がなんでいままで放置されているんだ？」

「そりゃこっちから手を出さなければ向こうは手を出さないから」

なるほど。納得。

とはいえ、ドラちゃんがそいつにさらわれた以上は取り戻す以外の選択肢はないか。不幸中の幸いといってはなんだが、リリィが手伝ってくれるならなんとかなるかもしれない。

フィティスの方を見ると、彼女もまた最後まで付き合う覚悟でいてくれたのか、静かに頷《うなず》いた。

スィもバーンも同じ様子であり、オレは皆の覚悟を受け止め、改めてリリィに向かい合う。

「リリィ」

「わかってるわよ。けど、先に一つ注意しておくわ。魔女というのは危険な連中よ」

これまでのリリィとは異なる、どこか怯《おび》えたような、そしてなにやら複雑な感情を秘めたような声で告げる。

「魔女は人間だけど魔物と同じ人類の敵。中には魔王と契約してその眷属《けんぞく》になった連中もいるわ」

「魔王、この世界にもやっぱりいるのか？」

魔王と言えばファンタジーの定番。

これだけ多くの魔物がいるのなら、それらを統治する魔王なる存在がいても不思議はない。

なにより勇者がいるのなら魔王がいるのが当然だろうとオレのファンタジー知識が語っている。

「いたという表現が正しいわね。今はもう魔王は存在しないわ」

と思ったらすでにいなくなってた！

安心していいのやら、会えなくなって残念と思うべきやら。

そんなことを思う間もリリィによる魔女についての説明は続く。

「いずれにしても連中は人に仇《あだ》なす危険な存在。話し合いはまず通じないと思った方がいいわよ」

いつになく危険視するリリィ。

確かに魔女というワードからして不吉な存在なのだろう。

だが、次にリリィの口から飛び出した言葉にオレは衝撃を受ける。

「連中は……アタシの大事なものを奪ったんだから」

「え？」

リリィの大事なものを？　それってどういうことだ？

思わず聞き返すオレだったがそれに対するリリィの反応はどこか冷たいものだった。

「……ごめん。その件はあんまり言いたくないの。いい思い出でもないし、人に聞かせられるようなものでもないからね……」

そう呟くリリィの表情には隠しきれない悲しみと怒りが入り混じっていた。

確かに。そんなことをおいそれと他人に言うべきではないし、オレも聞くべきではなかったか。

オレは一言だけ「すまない」と謝り、それに対しリリィもまた「気にしてない」と返してくれた。

「いずれにしても危険な連中ってことに変わりはないわ。それでも行くの？」

確かにあれほどの強さを誇るリリィが恐れるほどの存在だ。

そんな奴からドラちゃんを取り戻せるか、自信はないがそれでもここで退《ひ》くわけにはいかない。

「ああ、それでもオレは行く。なんとしてもドラちゃんを取り戻す」

オレのその決意に、リリィも頷いた。

「わかったわ。それじゃあ、行くとしましょうか。雪の魔女の山脈へ」

◇　◇　◇

「イース。魔物は決して悪ではないよ。あの子達はこの世界において必要な存在なんだ」

それは兄から贈られた言葉。私が信じるひとつの真理《しんり》。

魔女。人は私をそう呼ぶ。

私たちは人の社会において異端であった。

魔物は世界に必要な存在。彼らがいるからこそ私たちも生きられるのであって、両者の関係は単純に敵味方で区別できるようなものではない。

そう主張する一部の人間たちが集まって、魔物とより近い生活を送り始めたのが私たちの起源《きげん》であった。

私もそうした魔女の家系に生まれ、幼い頃から魔物と接する生活をしてきた。

近くの森にはデビルキャロットやマッシュタケなど様々な魔物が徘徊《はいかい》しており、彼らはこちらから危害をくわえなければ襲ってくることはなかった。

私は魔女の中でもとりわけ特別な存在と呼ばれ、生まれつき喋れないはずの魔物と意思の疎通《そつう》をすることが出来た。

直接会話ができるわけではないけれど、喋らなくても、その魔物が考えていることがなんとなくわかるのだ。

それを一番褒めてくれたのは兄だった。

「イースはすごいな。その力があれば人と魔物との架け橋になれるよ」

兄が私を褒めてくれると、とても嬉しい気持ちになった。

兄も魔女の一人であり、その力は私と同じように特別なものだと父と母から聞いた。

具体的にどんな力を持っているのかは詳しく話してくれなかったけれど、兄はとても賢く、そして優しい人だった。

魔物のことを誰よりも気にかけ、同時に誰よりも深く研究していた。

ある時、兄が幼い私へある魔物を渡してくれた。

それは森の妖精《ようせい》とも呼ばれる子供のドリアードであった。

彼女たちはとても希少な魔物であり、その緑の髪は様々な薬の原料となり、それを目的として冒険者に多く狩られていた。

この子もそうした狩りの被害に遭ったのか、本来なら長いはずの髪が短く切り落とされ、体もあっちこっちに怪我《けが》をしていた。

私は兄から受け取ったこの子の体を治療《ちりょう》して、彼女が元気になるようにずっと傍で見守り続けた。

やがて、そうした年月を経て彼女の体も元に戻り、気づくと私はその子と友達になっていた。

これまで家族以外と話したことのない私は最初の頃は緊張のあまりうまく話せずにいたけれど、次第に話すことに慣れていった。

彼女のことをドリちゃんと呼び、その日起きたことを色々語り合った。

魔術のこと、魔物のこと、将来の夢、もし人里《ひとざと》に出る機会があれば、その時にやってみたいことなど。

私はドリちゃんと話すだけで毎日が楽しく、とても満足だった。

ある時、ドリちゃんが言ってくれた。

人里に降りていろんな人と友達になったらと。

けれど、私にはそれは無理だ。なぜなら私は人と話すのが苦手だから。

ドリちゃんとまともに話すのにも半年以上かかった。

そんな私が人里なんかに出たところで、たぶんなにも出来ない。

なによりもドリちゃんがいるのだから、ほかの友達なんて必要ない。

そう想い幸せな日常を過ごしていた。だが、そんな幸せは長くは続かなかった。

ある日のことだった。連中がやって来たのは。

連中はこの世界の魔物全てを『悪』と断じ、すべての魔物を滅ぼすべく活動を行っている『正義の味方』。

そんな連中にとって魔物と共生関係にある私たち魔女は断罪《だんざい》の対象だった。

私は魔女の娘として、普通よりも遥《はる》かに高い魔力を備えていた。

けれど、連中はそんな私たちよりも遥かに強かった。

父様と母様は私を逃がし、兄もまた追ってくる連中を食い止めるために残った。

私はドリちゃんを連れて故郷《こきょう》を離れた。

そうして、たどり着いた先が雪山の奥地。

私は彼らから隠れるようにこの地に住まうことにした。

幸い、雪山という場所のおかげで追っ手が来ることもなく、人が立ち寄ることも少ない。

元来、人付き合いが苦手な私にとっては好都合とも言えた。

たまに私の噂を聞きつけては、退治に来る人達はいるが、そうした人達は例外なく氷漬けにして、山の入口まで戻してる。氷も時間が経てば自然と溶けるようにしていた。

多少不便ではあったけれど、ドリちゃんと一緒に肩を寄せ合って過ごせるだけで私は幸せだった。

けれども再び、そんな日常が崩れた。


どうしよう。どうしよう。

ドリちゃんの具合が悪くなった。

原因がわからない。いつからそうなっていたのかもわからない。どうすればいいのかもわからない。

街の医者に聞こうにも彼女は魔物。そして私は人とうまく話せない。

ドリちゃんが体調を崩して、私は初めて彼女の存在の大きさに気づいた。

口下手で、話す内容が支離滅裂《しりめつれつ》で、自分のことしか話さない私の会話をドリちゃんはずっと笑顔で聞き続けてくれた。

彼女はなによりも大切な友達。

その友達がいなくなる。

嫌だ。なんとかしたい。

でも、どうすれば？

焦って、困惑して、どうしようもなくって、気づくと私は山から降りて森を彷徨《さまよ》っていた。

そんな時、マンドラゴラを見つけた。

彼女たちマンドラゴラは至高の食材であると同時にあらゆる病を治す万病薬《まんびょうやく》の元であったと両親から聞いていた。

これしかないと思った。

私は無我夢中でマンドラゴラを連れ去った。

けれど、その子をドリちゃんに見せると、彼女は静かに首を横に振った。

「その子じゃ私は治せないし、私のためにその子を殺すなんてダメだよ」

わかっていた。本当はそんなこと。

けれど、それでもどうにかしたかった。

ドリちゃんを救いたい。私の唯一《ゆいいつ》の友達を。

ポロポロと涙があふれて、どうすればいいのか本気で悩んでいる私にマンドラゴラが話しかけてくれた。

「あの、事情はよくわかりませんが、もしもあなたがこの人を救うために私をさらったのなら、私のご主人様ならなんとかできるかもしれません」

ご主人様？　このマンドラゴラは自然発生したものではなく、誰かが作ったものなの？

未《いま》だこの世界で魔物を生み出す力を持った人間はいない。

私がドリちゃんを育てられたのも、半分は兄の長年の研究があったからこそ。

どんなに高い魔力を秘めた魔女であろうと魔物の栽培だけは自在には行えない。

けれど、もしこの子の言うことが本当なら、その人は魔物を栽培できる能力を持った人物なのだろうか。

ならば、その人なら、なんとかできるかもしれない。

だけど、一体なんて言えばいいの。

この子をさらった私がどうやって頼めば。

水晶玉を見ると、この山に入る複数の人が見えた。

そのうちのひとり、迫る豪雪《ごうせつ》に負けじと必死に前を歩く青年。

この人がそうなのだろうか？

すごく必死だ。奪われたものを取り戻そうと。

ああ、そうか。私にとってドリちゃんが大事なように、このマンドラゴラを大事に想う人はいるんだ。

そのことに気づいて私は恥ずかしくなり、同時に覚悟を決めた。

たとえ助けてもらえなくても、この子のご主人様に迷惑をかけたのは事実。それだけは謝ろう。

そうして、その人たちが山を抜け私のいる塔へ入ってきた時、私は彼らの前に姿を見せ、頭を下げた。

「……ごめんなさい。助けてください」

人と話すのが苦手な私が精一杯考えたセリフがそれでした。

◇　◇　◇

「え、えーと」

なんだろう。塔に入った途端、謝られた。

途中、豪雪に遭いながらもなんとかここまで来られたが、相手は雪の魔女という異名を持つ存在。

バトル展開あるか⁉　と思いながら塔に入りましたが、特にそんなことはなかったです！

それはそうとこれはどういうことだろう。唐突すぎてさっぱりわからん。

「ご主人様！」

「お、ドラちゃんじゃん！　無事だったのか」

驚いているうちに奥からドラちゃんが現れてオレの肩に飛び乗る。

あれ、これでもう目的達成じゃね？　ものすごい決意で来たのに？

しかし目の前の魔女っ娘《こ》は頭を下げたままで、このまま帰るのはなんかすごい気が引けた。

「ご主人様、この人のことを助けてくれませんか？」

「ん、どういうことだい？」

そういえばさっき助けてくださいとも言っていたような。

もう一度改めて聞こうかと思ったら、雪の魔女は帽子《ぼうし》を深くかぶり直して奥の方に行っちゃった。

たまに後ろを振り返ってこっちをじっと見てる。まあ、片目は髪で隠れて表情はよくわかんないけど。

それってもしかして付いて来いってことですか？

とりあえず両隣にいるリリィとフィティスにアドバイスを求めるが二人共オレに任せるといった感じだ。

まあ、こうなったら何かの縁《えん》だ。最後まで付き合ってみるか。

そんな感じで魔女の後を追うことしばらく、広いホールのような空間に出る。

その空間の地面は土で覆われており、そこに下半身が樹の女性がぐったりとしていた。

「ドリアード」

隣にいるフィティスがぽつりと呟く。

ドリアード。確か人の姿をした植物型の魔物だったか。

これもそこそこ有名な魔物であり、ファンタジー小説を読んでいれば知ってる人も少なくないだろう。

しかし、なにやらあの子元気がないような……。

そう思っていると雪の魔女がオレの袖《そで》を引っ張り、口をパクパクさせている。

「……あの子」

しばらくの口パクのあと、ようやく絞り出したセリフがそれだった。

え、えーと、たぶんだけど、この子、口下手……なのかな？

で、あの子を助けて欲しいと、たぶんそんな感じか？

そう思いながらも、ひとまずその子の傍まで近づく。

と言ってもオレ別に医者でもなんでもないし、樹木研究家でもないよ⁉

そもそも状況がわからない！　でもドリアードの少女がオレの後ろに立っている雪の魔女を優しげな瞳《ひとみ》で見ている。

ひょっとして……友達、だったのかな？

そんなことを考えながら、ドリアードに触れた瞬間、なぜかこの子が衰弱《すいじゃく》しているのが分かってしまった。

「……マンドラゴラのご主人さんですか？　イースちゃんがご迷惑をおかけしました」

目の前のドリアードが口を開き、そう謝ってくる。

「あ、いえ、ちゃんと返してくれたので、特にそれほどは」

「イースちゃんに頼まれて私の症状を見ているんですよね？　ですが、なんとなくお分かりでしょう。これはもう完治することはありません」

そう話すドリアードにオレは静かに頷くしかなかった。

これはおそらく寒冷地に長く居すぎたために起きた衰弱。

今からこの子を移動させたとしても間に合わないだろう。

「……や、やだ」

見ると先程まで後ろにいた魔女、おそらくはイースという名前なのだろう、その彼女が泣きそうな雰囲気なのが分かる。

「ドリちゃんがいなくなるなんて、やだ……！　いなくならないでよ……！　だ、だって、わ、わた、私の……友達、なのに……！」

そう言ってドリアードに必死にしがみつく。

そんな彼女をドリアードはまるで妹をあやすように優しく撫《な》でる。

「もう仕方ないな。でも、イースちゃんはもう大人なんだから。私がいなくても大丈夫だよ」

「……やだ……やだよ……」

優しく諭《さと》すドリアードに対して必死に懇願《こんがん》するイース。

その姿を見ていると何とかしてやりたい気持ちが溢れてくる。

そう思い目の前のドリアードを観察していた時、あるひとつの方法が閃《ひらめ》く。

もしかして、これなら――

「フィティス、ドリアードについて聞きたいんだが彼女たちは植物型の魔物なんだよな？」

「そうですわね。彼女たちは体内に種を抱えており、死んだ際にはその中にあった種が地面に落ちて新たなドリアードになるはずです。しかし、そうなると前のドリアードと新しく生まれるドリアードは別物になります」

確かにそれはそうだろう。種から生まれたそれは全くの別物になるはず。記憶や人格などの引継ぎは出来ないだろう。

そして、その方法を取ったとしてもこのイースと呼ばれた子は悲しむ。

この子はドリアードなら誰でもいいわけではない。いま目の前にいる友人のドリアードでなければダメなのだから。

だからこそ、目の前のこのドリアードの記憶と人格をそのまま受け継いだ魔物を育てられるのなら――

「雪の魔女さん。いいですか？　彼女を、ドリアードを救うことはオレにはできません」

そのオレの発言に雪の魔女がびくんと反応しているのが分かる。

「けれど、ひとつだけ。別の手段で彼女を生かせる方法があるかもしれません。その方法を試させてください」


それから数日後、結論を言えばドリアードは助からなかった。

その現場にオレ達はいなかったが、雪の魔女イースちゃんがものすごく悲しんでいたのは後日会った時にわかった。

けれど、そのすぐ後に彼女のその悲しみをやわらげることはできたかもしれない。

「どうだい、なんとか成功しただろう」

そう言ったオレの前には小さな苗木《なえぎ》があり、その上半身からは小さな女の子が生まれてスヤスヤと寝息をたてていた。

その光景をイースちゃんはじっとしゃがみこんで懸命《けんめい》に見ていた。

あのあと、オレはドリアードの髪の一部、つまりは木の一部をもらい、それをオレの庭に植えることにした。

いわゆる挿し木というやつだ。

植物によっては種だけでなく、こうして木の一部を植えることで育つと萌え植物図鑑に書いてあった。

正直、この方法が成功する確信はなかった。そもそもこの世界の魔物は全てが種から生まれるものだ。

いくら植物型の魔物でも、地球と同じ植物のようなやり方で育つ確証など、どこにもない。

だがそれでも、この方法ならドリアードの記憶と人格を引き継いだ子が生まれるのではないかとオレはその可能性にかけた。

そして、その結果を示すように生まれたばかりのドリアードが「ふわ〜」とあくびをした後、目の前にしゃがんでいる魔女に気づいて屈託《くったく》ない笑顔を見せる。

「いーす、ちゃん」

そう言ってまだ上手く喋れない舌っ足らずな口で目の前の魔女の名前を呼び、彼女の手をその小さな手で握ってくれた。

――覚えててくれた。

この子はあのドリアードの記憶と人格をちゃんと引き継いでいた。

種からではなく、その魔物の一部から栽培することで、記憶と人格を受け継いだ魔物を生み出すことに成功した。

それはこの世界においてまさに前例なき魔物の誕生方法であったのだが、そんなことをオレが知るよしもなく、オレはただ、そのドリアードの手を握り締め、震える魔女の背中を見つめていた。

「……ぁ」

「うん？」

「……あり、が、とう」

見ると雪の魔女がこちらを見上げるように顔をあげていた。

そこから見えた彼女の白い前髪で隠されていた顔があらわとなる。

涙を浮かべながらもはにかむその表情はとても――

「か、可愛い」

思わず呟いたそんなオレの一言に雪の魔女イースちゃんは白い肌をぽっと赤く染めてまた目を前髪で隠し、帽子を深くかぶってしまう。

ちなみに肩に乗っていたドラちゃんは、また不機嫌そうに頬《ほお》を膨らませていた。

「……ちょっといいかしら」

振り向くとそこにはいつになく険《けわ》しい表情のリリィがいた。

「雪の魔女、イースだったわね。アンタに聞きたいことがあるの」

「…………」

リリィの威圧感《いあっかん》に怯えてか少し後ずさりするイースちゃんだったが、それでもなんとか踏みとどまりリリィからの問いかけを待つ。

「刻印《こくいん》の魔女、っていうのに聞き覚えはない？」

「……？」

刻印の魔女？　オレは初めて聞く単語であり、それはイースちゃんも同様だったのか、よくわからないと言った表情をしていた。

しかしリリィはイースちゃんからの返答を待った。やがてしばし待ったあとにイースちゃんは搾《しぼ》り出すように答える。

「……わからない……初めて、聞いた……」

「……そう」

その答えを聞いて落胆した様子のリリィであったが、イースちゃんへの質問はまだ終わっていなかった。

「もうひとつ、アンタは人を襲う魔女なの？」

その問いにイースちゃんは再び困惑した様子を見せるが、それでもリリィは続ける。

「魔女の中には魔物と結託《けったく》して人を襲う連中もいると聞くわ。実際に過去に存在した魔王の配下にはそうした魔女もいたみたいだし。だから、問わせてもらうわ。イース、アンタは人を襲う魔女なの？」

リリィからの問いかけに、しかし今度はイースちゃんは時間をかけることなくハッキリと宣言する。

「しない……！　私は、自分から……人を襲うことなんて……絶対に、しない……！」

口下手な彼女が迷うことなく断言した。

その必死な姿を見て、リリィは納得したように頷く。

「そう、ならその言葉を信じるわ」

そのまま背を向け立ち去ろうとするリリィへ、思わずイースちゃんが声をかける。

「……あ」

だが何を言っていいのかわからなかったのか、イースちゃんはそのまま躊躇《ためら》い黙り込んでしまう。

そんな彼女の素振りをわずかに観察した後、リリィは静かに街の方へと去っていく。

理由はよくわからないがリリィの魔女に対する警戒心は強い。

けれど、少なくともイースちゃんに関してはその警戒を少しは解いてくれた気はした。

「大丈夫だってイースちゃん。あいつは悪い奴じゃない。いつか君のこともわかってくれるよ」

「…………」

そんなオレの慰《なぐさ》めに同意してくれたのか静かにイースちゃんが頷くのが見えた。

やがて、ボソリと彼女の呟いた本心が聞こえた。

「……いつか……友達に、なれたら……いいな……」

その言葉にオレは彼女の友達というものに対する憧《あこが》れを感じた気がした。

この子がどんな人生を生きてきたのかは知らない。

それでも話に聞く限り、魔女という存在はこの世界では忌《い》み嫌《きら》われている。

そんな中でイースちゃんが作れた友達がこのドリアードだけだとするなら、彼女が友達に憧れそれを大事にするのも分かる。

そして同時に、心の奥では友達を作りたいという感情を持っているような気がした。

だからオレはそんな彼女に対し、手を差し伸べた。

「じゃあ、まずはオレと友達になるところから始めないか？」

そんなオレの手を驚いたように見るイースちゃんだったが、しばしの硬直の後、恐る恐る手を握り返し、再び小声で囁《ささや》くのが聞こえた。

「……よ、よろしく……お願い、します……」

その言葉を言い終え、髪の下に隠れた頬が真っ赤になるのが見えた。

こうしてオレには魔物栽培から始まった異世界暮らしにて、魔女の友人ができることとなりました。

第六章　生命の樹を育てよう

「すぃー！」

「わっ！　よせ、やめろ！　オレは乗り物じゃねぇ！　兄ちゃん、助けてくれ！」

「ご主人様大変です！　またスィちゃんがジャックさんで乗り物遊びを！」

「あー、またかー」

そんな見慣れた光景を眺めつつ、オレはジャックの上に乗っているスィを両手で掴《つか》み下ろす。

「こらこら、スィ危ないじゃないか。落ちたら怪我《けが》するだろう」

「すぃー……」

「オレの心配はないんだな、兄ちゃん……」

あの雪の魔女との事件からひと月、オレは魔物を栽培《さいばい》する日々に戻っていた。

最近は前にも増してスィのわんぱくさに拍車《はくしゃ》がかかり、日がな色んな魔物たちと一緒に遊んでいる。

もともとここにいる魔物たちもスィを卵の頃から知っていたためか、すぐに仲良くなり、ジャックのほかにもバーンの背中に乗ったり、キラープラントによじ登って遊んだり、マッシュタケやデビルキャロットの上に乗ってお散歩したりと仲良しだ。

　もちろん魔物以外にもリリィやフィティスとも仲良くなって、特にリリィが来るとすぐさま彼女の足元に駆け寄っては足にしがみつく。

　けれど、最近は他にもお気に入りの人物が出来たようで、その人が来るとすぐさま抱きつきに行く。

「すぃー！」

「……わっ」

　そんなちょっと驚いた声をあげる少女。

　それは先日の事件で知り合いとなった雪の魔女イースちゃんであった。

　あれからイースちゃんはオレの庭の一角に育った友人のドリアードちゃんの様子をこまめに見に来ていた。

　最初の頃はおずおずとした様子でここに来ていたイースちゃんだったが、最近は彼女が来るたびにスィが抱きつくようになり、その度にイースちゃんもまんざらではなさそうな笑顔を浮かべるようになった。

「ごめん、イースちゃん。最近スィがわんぱくでさ。どうもイースちゃんのことが気に入ったみたいで今日も来てくれるの楽しみにしてたみたいなんだ」

「すぃー！」

そうだと言わんばかりにイースちゃんの腰に抱きついたまま顔をスリスリするスィ。

「……そう、なんだね……」

そう言ってスィの頭を撫《な》で、微笑《ほほえ》むイースちゃん。

そのまま庭の一角にて昼寝をしているドリアードの前まで行き、ゆっくり座る。

スィもまたイースちゃんの後をついて行き、その膝《ひざ》にちょこんと頭を乗せて膝枕《ひざまくら》状態となる。

一方のイースちゃんは特に気にした様子もなく、友人のドリアードの姿を観察しながら、膝でゴロゴロしているスィを撫でる。

だが、不意に視線を膝にいるスィへと向け、その後こちらへと視線を移す。

「……あの、この子……」

見ると、いつの間にかイースちゃんの膝で寝息を立てているスィ。

「ああ、ごめんごめん。こら、スィ。だめだろう」

そう言って起こそうとするが、起きる気配がなかった。

困ったなと思ったが、当のイースちゃんは気にした様子はなく、むしろ別のことを口にした。

「……この子、魔物……なの？」

そのイースちゃんからの問いかけにオレはどう答えたものか悩んだ。

というのも、スィがどんな魔物なのか、そもそも魔物なのかどうかすら分からないからだ。

リリィに聞いたところ、あいつもスィの正体については分からないとのことだった。

そこでオレは目の前のイースちゃんが魔女と呼ばれる存在であることを思い出す。

その知識は冒険者などよりも遥《はる》かに深いとリリィが言っていた。

オレはスィについてのこれまでの出来事をイースちゃんに話した。

「……すごい、珍しい話……そんなの、私も初めて聞いた……」

「そうだよな。オレもスィみたいな魔物は初めてだからさ。こういう人型の魔物っているの？」

「……ここまでハッキリ……人として生まれる魔物はありえない……」

それは魔女ですら聞いたこともない事態だったらしく、改めてスィの特異性が際立つ。

うーむ。本当にスィは何者なんだろうか。

そんなことを話しているとオレ達の背後から誰かが近づいてくる音が聞こえる。

「あら、キョウ様。こんなところでなにをお話ししているのです？」

「……イース。アンタも来てたのね」

それはリリィとフィティスの二人。

このふたりが一緒なのは珍しいが、おそらくはリリィがここへ来る時にたまたまフィティスがボロ屋から出てきたのだろう。

「それで、なんの話をしてたの？」

「スィについてイースちゃんの知識を聞いてたんだ。この子の正体が何かってね」

「スィのこと？」

スィのことと分かると途端にリリィも会話に参加をしてくる。

「ああ、こんな風に人型で生まれてくる魔物はやっぱりすごく珍しいって」

「魔物？　キョウ様、まさかその子って魔物だったのですか？」

とそこで、スィが魔物だと知らなかったフィティスが初めて知る事実に興味深そうに顔を近づけてくる。

そう言えば、こいつにはまだ言ってなかった。

「ああ、スィはオレが育てた魔物で、最初は卵に入ってたんだ。で、半年以上育ててようやく孵化《ふか》したら、この通りの女の子が生まれてね。だから正直オレもこの子が魔物なのかどうか迷ってるんだ」

「信じられませんわ。卵から人間が生まれるなんて……私も聞いたことがありません」

普段それほど表情の変化のないフィティスであったが、今回の件ばかりはやはり前例がないのか驚愕《きょうがく》の表情を浮かべている。

グルメ貴族でも知らないとなるとマジで初めての現象なんだろうか。

と、そんなことを思っているとイースちゃんから思いもよらぬ情報が飛び出した。

「……ただ……かつて人型の魔物がいたって記録はある……」

「マジか!?　それってどんなの？」

それにはオレだけでなく、リリィもフィティスも驚き、続くイースちゃんからの答えを静かに待つ。

しかし返ってきた答えはオレ達一同をさらに驚かせる内容であった。

「……魔王……」

「え？」

「……伝承《でんしょう》では、魔物を統《す》べる王である魔王は……人に似た姿をしていた……とある」

魔王。これは正直、予想外だった。

確かに魔王ともなればその姿は人に近い存在もありえるのかもしれない。

しかし、そうなるとまさかスィは……？

そんなオレ達の不安を知る由《よし》もなく、当のスィはイースちゃんの膝枕にてスヤスヤと眠っていた。


「スィー！　スィー！　どこだー？」

それから何日か後。相変わらずスィは元気いっぱいだった。

今日も朝から畑の周りをウロウロしていたはずが気づくと姿が見えなくなっていた。

「スィー！」

いつもならどんなに遠くても呼べばすぐに来るはずが今日はなかなか現れない。

「どうしたの、キョウ。スィちゃんの名前ずっと呼んでるみたいだけど？」

「いや、それがさ、昼間から姿が見えなくってこうして呼んでるんだけど全然出てこないんだよ」

「え⁉　本当に？」

それにはリリィも驚いたような顔をし、しばし考えたあと「もしかして」と呟《つぶや》く。

「森の方に行ったんじゃないの？　最近あの子やたら活発になってたし」

森。なるほど、その可能性はある。

オレの声が届かない場所となれば近くにある森しかない。

幸いと言ってはなんだが、その森にいたボスと思わしきグリズリーキングはすでにリリィが倒している。

そのおかげか、今は比較的危険な魔物は少ない。だが、まったく危険がないというわけでもない。

「すぃー！」

すぐさま森の中へと入ろうとした瞬間、森の奥から小さな人影が現れるのが見えた。

「スィ！」「スィちゃん！」

オレとリリィの声が見事にハモった。

そのままスィは何事もなかったかのように泥だらけの姿で、オレの足へと引っ付いてくる。

「スィ、ダメじゃないか、勝手に森に入ったりしたら。心配したんだぞ」

そのままスィを持ち上げて、目を真《ま》っ直《す》ぐ見ながら、少しばかり叱責《しっせき》をする。

「すぃー……」

それを見て、スィもごめんなさいとションボリしてる。

「けどまあ、お前が無事で良かったよ」

そう言ってオレが笑顔を見せるとスィも安心したように笑顔を浮かべ、その手に握っていた何かをオレの方へと差し出す。

「すぃー！」

「ん？　これ、なんだい？」

問いかけてもスィは笑顔を浮かべたままである。

見ると蝶《ちょう》の形をした花で、その花の部分が生きた蝶のようにパタパタと動いていた。

「へぇ、珍しいわね。それってバタフライフラワーじゃない」

「バタフライフラワー？」

リリィのその単語を思わずオウム返しする。

「花の部分が蝶になってる魔物よ。その魔物は成熟《せいじゅく》するとそのまま花の部分が蝶のように飛び立つの。けれど、飛び立つ前にその蝶を取ると、なぜかバタフライフラワーはその相手に引っ付いてアクセサリーのように服や髪に止まるの。全くの無害だし、滅多《めった》に見つからないことから幸運のアクセサリーって言われてるのよ」

「へぇ、そうなのか」

そんな珍しい魔物を両手に握っているスィ。

「もしかして、これをオレに？」

「すぃー！」

そう問いかけるオレにスィは笑顔で頷《うなず》く。

オレにプレゼントするためにわざわざ森の中に探しに行ったということなのか。

それが分かった瞬間、オレはなにやら胸の奥がジーンとする感覚を味わった。

卵の頃からずっとオレに引っ付いていた子が、こうして卵から出た後もオレのことを慕いプレゼントをしてくれるなんて。

そんな感動をオレが味わっていると、スィがもう片方の手に握っていたバタフライフラワーを今度はリリィの方へと差し出す。

「すぃー！」

「え、もしかしてこれってアタシの分なの？」

うんうんと頷くスィ。

それを見てリリィも嬉《うれ》しそうに微笑み、その花を受け取る。

「うん、ありがとう、スィちゃん」

「オレもありがとうな、スィ」

「すぃー！」

それぞれスィから受け取ったバタフライフラワーの花の部分を取る。

すると、その花の形をした蝶がオレの服へと止まり、そのまま生きたアクセサリーとして固まる。

リリィのバタフライフラワーも同じであり、そのまま彼女の髪に止まったかと思うと固まった。

「うわ、すごいなこいつら。止まった瞬間、ガラスのように硬化するんだな」

「ええ、そうよ。ちなみに何度か指先で叩《たた》いて誘導すれば、別の場所にアクセサリーとして止まってくれるから覚えておくといいわ」

そう言ってリリィは自分の髪に止まったバタフライフラワーのことを気に入ったのか指先で撫でるように触っている。

それに呼応するようにリリィの髪に止まっている蝶がパタパタと羽を動かした。

「ふふ、これ大事にするね、スィちゃん」

「すぃー！」

そう言って微笑んだリリィの横顔がいつもより可愛《かわい》く見えて、オレは思わずドキリとしてしまった。

「？　どうしたの、キョウ」

「あー、いや、なんでもないよ。スィ、オレも大事にするからな」

「すぃー！」

こうした平和でのんびりとした日々が続けばいいなとその時のオレはぼんやりと心の

中で思っていた。

◇　◇　◇

「それじゃあ、スィ。今日もオレは畑仕事してくるけど、ジャックやドラちゃん達と仲良くね。あとフィティスもいるから彼女にもあんまり迷惑かけないようにね」

「すぃー！」

「兄ちゃん！　すでにオレがスィの片手に握られてボールのように投げられてるよ！　オレは⁉　オレへの迷惑はいいのか⁉」

そんなこんなで、あれからひと月以上経《た》ったが、大して変わりはありません。

スィの正体についても不明なままだが、最近ではあまり気にしないようになっていた。

正体うんぬんよりも、こうして一緒に暮らしていることのほうが大事だからな。

そう思い、今日もジャックをボール代わりにして遊んでるスィを視界の端で見ながら、扉を開けようとした瞬間だった。

――コンコン。

それは扉をたたく音。

おかしいな。リリィなら叩かずに普通に中に入ってくるし、ミナちゃんにはこの間、食材を渡したばかり。

雪の魔女ことイースちゃんもたまに庭先で育っているドリアードのドリちゃんに会いに来るけど、わざわざノックしてこの家の中に入ってきたりはしない。

そう考えると珍客か？

いや、まさか、ついに来たのか！　ゴロツキ冒険者!?

とうとうオレが世にも珍しい人型の魔物幼女を育てていると嗅《か》ぎつけやがったか！

そう確信したオレは隣にいるフィティスにスィを抱えて奥へ移動するよう頼む。

残るオレとジャック、それにバーンとで、いつでも反撃出来るよう扉を囲む。

その後、恐る恐る扉を開くが、その先にいたのは全く予想外の人物。

「ぱんぱかぱーん！　はじめましてー！」

そう言ってクラッカーの破裂音のような音と共に紙吹雪《かみふぶき》が舞い散る。

え、なに？

唖然《あぜん》としたオレの前にこれまた信じられないくらいの美少女が立っていた。

髪は腰まで伸ばしたピンク色。

ゆったりとした白いローブを身にまとい、背丈はリリィと同じかそれより低いくらい、顔はやや幼さの残る童顔《どうがん》だが、その印象とは裏腹にかなり大きな胸の持ち主。

一言で言えば女神のように可憐《かれん》な美少女であった。

その少女が大きな瞳《ひとみ》をくりくりとさせながらこちらを興味深そうに見ていた。

「へえー、君がキョウ君か。うんうん、こうして会うのは初めてだけど、君のことはずっと見ていたよ」

え、誰？　知り合い？

オレがポカーンとしていると、目の前の少女はひょこっとオレの後ろの方を覗《のぞ》き、その奥にいるスィを見つけて笑顔を浮かべる。

「あははー、やっぱり孵《かえ》ってたんだ！　すごいすごい！　うんうん、やっぱり僕の見込んだ通りだね」

そう言って人懐《ひとなつ》っこい笑顔を浮かべ、オレを見る少女。

もしかして、スィを知ってる人か？

そう思い少女の素性を問いかけようとした瞬間、予想だにしない発言が来た。

「あ、そうだ。自己紹介がまだだったね。僕の名前はモコシ。この世界の女神様なんだ、気軽にモーちゃんって呼んでね」

「はい？」

思わず素で聞き返してしまった。

それはオレのこの異世界での運命を大きく揺さぶる、まさに運命の出会いであった。

ええと、なに？　急展開過ぎて話についていけないんだけど。

女神？　この人が？　てかなんで女神様がオレのところに？

「キョウ、アンタなにやってんの？」

おお、いいところに来てくれたリリィ。

実は妙な少女が妙なことを言い出してな。春先が近いのかな〜。

お前からもなんか言ってくれよ、はっはっはっ。と思っていると。

「ひどいな〜、疑ってるなんて。僕はちゃんと女神様だよ〜？」

はい？　心読まれました？

「まあ、ちょっとくらいならね。これで僕が女神様だって信じてくれたかな？」

そう言ってドヤっと可憐な笑顔を見せる。

ううむ、まあ、可愛さだけなら女神級だが。

「わあ！　本当？　そう言われると嬉しいなー。でへへー」

ってマジでこの人、心読んでる⁉

そんなオレと少女とのやり取りを見ていたリリィが不審《ふしん》そうにこちらを見ている。

「キョウ、その人誰なの？　アンタの知り合い？」

「はじめまして！　僕はモコシ！　この世界の女神様だよ☆」

そう言ってキラリンとアイドルポーズを決める少女。

あー、女神かどうかはわからないけど、なんか色々残念な人だ。

オレがぼんやり見ていると、別の意味で愕然《がくぜん》としているリリィの表情があった。

「女神モコシ様？　嘘《うそ》、あなた様が？　本当に？」

え、なに、マジ？

リリィの反応は明らかに有名人を前に狼狽《ろうばい》する一般人のそれであり、それに対してモーちゃんことモコシは笑いながら対応する。

「あはは、そんな大したものじゃないよー。僕なんて信仰されてるだけで実際には君たち人間に対してなにもしてないからねー。僕の役目はあくまでこの世界を見守ることだから、人前に出ることも滅多にないしねー」

そんな風に笑った後、改めてモーちゃんがこちらを振り向く。

「それでヒムロ＝キョウジ君。君にはぜひお願いしたいことがあるんだ。よければ僕と一緒に来てくれないかな？」

そう言って上目遣いでオレを見る女神様。

果たしてどうしたものか。悩んでいると女神モーちゃんの方から更に切り出す。

「一緒に来てくれたら、君のそばにいるそのスィちゃんの正体についても話すよ。それから君が転移してきたこの世界が実は結構やばいことになってるって話もね」

へ？　前者はオレが知りたかったことだが、後者についてもなにやら聞き捨てならないキーワードがあった。

この世界が？　やばい？　それってどういう？

困惑《こんわく》しているオレに、やはり女神様は相変わらず笑顔を浮かべたまま爽《さわ》やかに答える。

「まあ、混乱する気持ちは分かるけど一緒について来てくれれば、ちゃんと話すから」

ふむ、ついて行かないと話は進まないということか。

確かに気になる誘いであり、色々と話も聞きたいところだ。

とは言え見知らぬ女神の領域にひとりで行くのは心もとない。よし。

「いいけどこっちからも条件いいか？　ここにいるフィティスとリリィも一緒で構わないか？」

「もちろん、全然構わないよ」

オレが条件を出すと、あっさり飲んでくれた。

ついでに二人のほかにも話の当事者にあたるスィも同行する事となった。

フィティスは「キョウ様が行くところへなら私もついて行きますわ」とアッサリ了承してくれたが、リリィのほうは「なんでアタシまで⁉」と喚《わめ》いていた。だってオレ達、相棒《あいぼう》だろう？


それは一瞬の出来事だった。

オレやリリィ、フィティス、それからスィが手を繋《つな》ぎ、円陣になった。オレ達の中心にモーちゃんが入り、オレ達の体に触れた瞬間、地面から不思議な光が溢《あふ》れ、体が宙に浮く感覚と共に一瞬にして景色が変化した。

そこは巨大な樹のてっぺん。眼下には大空が見え、まさに天上の世界とも呼べる場所にオレ達は移動していた。

「こいつは……すごいな」

この人、本当に女神だったんだな。

「聞こえてるよー。だから女神様だってばー」

後ろにはぶーっと頰《ほお》を膨らませているモーちゃんがいた。

しかし、オレを含めこの場に転移してきた全員がこの場の景色に見とれていた。

ここが樹の頂上というのは周りを見ればすぐに気がついた。

足元の蔓《つる》や枝、木が重なって出来た床はまさに空に浮かぶ大地そのもの。それほどにここは広い。

なによりこの自然によって出来上がった景色は楽園を彷彿《ほうふつ》とさせる。

目の前の大空も、あたかも海のように広がり、これまでに吸ったことのない心地のいい風が吹いてくる。

と、オレが感動に浸《ひた》っている隣ではリリィとフィティスが別のことに驚いていた。

「ここってもしかして……世界樹？　世界樹の上なんですか？」

「そそ、君たちにとってみれば前人未到《ぜんじんみとう》の領域かな？」

世界樹？　なにやら重要そうなキーワードだな。

不思議そうな顔をするオレにモーちゃんが説明をしてくれた。

「世界樹ってのはこの世界に十本あった大樹のことだよ。十大陸のそれぞれに一本ずつあったんだよ」

「へえー、なるほど」

　頷くオレになにやらモーちゃんがニヤニヤしながら近づいてくる。

「ちなみに、その世界樹の別名なんだけど、もしかしたら君は知ってるかもしれないね？」

「というと？」

　なにやら勿体《もったい》付けるモーちゃんにオレは思わず答えを要求する。

「生命の樹《セフィロト》って呼ばれているものだよ」

　生命の樹。確かに聞き覚えがある。

　というよりもこういうのはラノベなどの設定では定番の一つなので知識としていつの間にか知った感じだが。

　確か生命の樹はエデンの園に植えられた樹のことだ。

　アダムとイブが食べた木の実をつけたとも言われているが、それは実は別の樹である知恵の樹の方である。

　それを食べたアダムとイブが知識を得て楽園から追放《ついほう》されたというのは有名な話。

　しかし真実は知恵の実を食べて善悪を知ったアダムとイブが、生命の樹に存在する実まで食べると永遠の命を得て神に等しい存在になってしまう。それを神が恐れて追放したという。

　まあ、あくまでも地球に伝わる伝承なので、この世界の生命の樹とは関係ないかもしれないが。

「ん、ちょっと待ってよ」

オレはそこでふと思い出す。

伝承の生命の樹にはそれぞれ十個のセフィラが存在している。

もちろん、その形もなにかの本で見たことがある。

そして、それに似たものをオレはこの世界に来てから、つい最近見たような気がする。

「思い出してくれたかな？　この世界の形を」

そうだ！　前にミナちゃんが書いてくれたこの世界の大雑把《おおざっぱ》な地図。

十個の大陸が上から順にまるで樹のように並んでいた世界。

あれはまさに伝承にある生命の樹の形にそっくりだ。

以前に引っかかっていたものの正体に気がついて、ようやく納得した気分になった。

「さっすが飲み込みが早いねー。やっぱり異世界の住人ってのは知識の量も違うんだね。なら話も早そうだから続けるね。キョウ君、実は君にはこの世界にある生命の樹を全《すべ》て育てて欲しいんだ。それが僕からのお願い」

「はい？」

えっと、どういうこと？　意味がわからないんだが。

生命の樹は十本この世界にあるんでしょう？　それを育てる？

「ああ、ごめんね。説明をちょっと端折《はしょ》っちゃったね。十本って言ってもそれは過去のこと。現在この世界に生命の樹は四本しか存在してないんだ」

「え？」

ますます意味がわからない。なんで四本に？

そう思っていると意外なところから答えが返ってきた。

「人間がその大樹を六本、切り倒したからよ」

答えたのはリリィ。その表情にはどこか暗いものが混じっていた。

「切り倒した？　なんでまた？」

「キョウ様。今現在この世界では、世界樹のことを誰も生命の樹とは呼んでいません。単に世界樹、あるいは全く別の呼称で呼ばれているのです」

「別の呼称？　それは一体？」

「……邪悪の樹《クリフォト》ですわ」

沈んだ声でフィティスが言う。邪悪の樹。これも聞いたことがある。

それは生命の樹と相反する概念をもつ樹であり、生命の樹が善性を司《つかさど》るなら、邪悪の樹はそのまますばり悪性を司るとされている。

しかし、なんでまた生命の樹が邪悪の樹呼ばわり？

そう思っているとモーちゃんが悲しそうな顔をした。

「それはね、この生命の樹があらゆる生命、いや魔物を産み落とす樹だからだよ」

「魔物を、産み落とす？」

それは衝撃的なセリフであり、同時にどこか納得のいく理由であった。

「もう君なら知ってると思うけれど、この世界の魔物は全部種から生まれるよね。けど、こう考えたことはないかな？　なら〝その最初の種はどこから生まれたのか〟」

それは確かに思った。

というよりもオレのいた地球にも似たような言葉がある。

すなわち、鶏《にわとり》が先か卵が先か、ってやつだ。

「その答えがこれだよ！　この生命の樹から生まれた魔物の種が世界各地に落ちて、そこから様々な魔物やあるいは魔物の樹が生まれて、色んな種類の魔物が生まれたんだ～！　ねっ、すごいでしょ？」

「それって動物型、植物型も全部まとめてってことですか？」

「そだよー。わざわざ僕が一種類ずつ魔物を生み出すとかそんな面倒くさいことしないよ～。ちなみに水生型の魔物の種も海中にばら撒《ま》いて、そこからサンゴみたいな水生型の魔物の樹も出来上がったんだよ～」

なるほど、そういうことだったのか。

いかにこの生命の樹がすごいものなのかが分かる。

世界中に存在する魔物を生み出した最初の樹。それはまさに生命を生み出す世界樹そのもの。

だが、同時にそれは人々にとって確かに邪悪の樹でもあった。

「つまり、その仕組みを知ったこの世界の人間達が、この樹を魔物を生み出す邪悪の樹として倒木したのですね」

「そうなんだよー！　ひどくないー⁉」

オレのその言葉に涙目で訴え始めるモーちゃん。

「百年くらい前かなー、ある人間が生命の樹から落ちた実が魔物の樹になるところを見たの。以来、皆が生命の樹を邪悪の樹と呼び始めて、あげく討伐まで行ってきたんだよ！　信じられる？　討伐だよ！　そもそも魔物もまた世界の一部なのに多くの人間が魔物を狩りの対象としか見ないんだよ。なーんでお互いに共存や共生をする道を選ばないかなー。僕はもうプンプンだよ」

そう言って可愛く怒っているものの、しかし実際モーちゃんの言うことはもっともだ。

この世界の魔物はオレ達の世界で言う動植物。人はそうした動植物達と共存して生きていくもの。

だが、この世界はそれら全てを魔物がまかなっているにもかかわらず、魔物は悪であるという認識がなくならない。

だからこそ、魔物を討伐した者達は勇者などと呼ばれ英雄視《えいゆうし》もされる。

しかし、この世界の魔物を全て狩り尽くせば、それこそ人間も生きていけないはずだ。

そんなオレの考えを読んだのかモーちゃんもそれに同意する。

「そうそう！　だから一定の魔物が常に途絶えないようにこの生命の樹が存在していたんだ。けれどいま、そのバランスが崩れようとしている。この世からすべての魔物を排除しようとする人間の組織によって」

「人間の組織？」

「『六大勇者』ね」

そう答えたのはリリィであった。同時に、その言葉を聞いてフィティスがバツの悪そうな顔をした。

「六大勇者？　以前にも何度か言ってたけど、それって一体なんなんだ？」

その問いかけにリリィは仕方がないとばかりに答える。

「女神様が言ってたでしょう。すでに六本の大樹が切り倒されたって。世界樹はここと同じような天を突くほどの巨大な樹。都市一つをまるまる覆うほどの大きさよ。けど、それを切り倒した前代未聞《ぜんだいみもん》の化物が六人いたのよ。そいつらは誰もがやれなかった、魔物を生み出す諸悪《しょあく》の根源である世界樹を討伐した。その偉大《いだい》なる功績からこう呼ばれているの」

「――六大勇者。かのものたちの栄誉、権力、そして影響力はこの世界における一国の王すら上回ります。実質、彼らこそがこの世界を支配するトップと言っても過言ではありません」

そうリリィの説明を引き継ぐフィティス。

それを聞いてオレはどこか途方もない感覚を覚えた。

魔物を生み出す生命の樹。そしてそれを切り倒した六大勇者。

途方もない話であり、オレなんかが首を突っ込んでいいレベルには思えない。

「ちょっと待ってくれ。話は大体わかった。生命の樹、六大勇者、どれもとんでもないと。でも女神様、あなた言いましたよね？　オレにその生命の樹を育ててくれって」

「うん、言ったよ」

「いやいや、出来るわけないでしょう。だって魔物を生み出す大樹とか、そんなの神様でもないと育てられないでしょう⁉」

「んー？　そうでもないんだけどなー。だって君、神様だけの能力〝創生スキル〟を持ってるでしょう？」

なんですかそれ。そんなものまるで身に覚えが……ん、いや、ちょっと待て⁉

「もしかして今までの魔物栽培ってスキルだったの⁉」

「ぴんぽんぴんぽーん！　大正解ー！」

うわ、なんて分かりづらい能力。っていうか、一応あったんだオレにも転移者特有のスキルとか。

「あれ、でもちょっと待ってくれ。じゃあ、この世界で魔物を栽培するにはその創生スキルがないとできないのか？」

「うん、できないよ。魔物を生み出すなんて冷静に考えて命を生み出すってことでしょう？　そんなの神様の領分じゃん。結構いろんな人に言われたことなかった？　なんでそんなにたくさんいろんな魔物栽培できるのって」

確かに言われてはいたが、そんなに気にしていなかった。

なるほど、やたら栽培が順調に行っていたのにはやっぱ理由があったのか。

「ちなみに君、魔物の種から魔物の樹も育ててたでしょう？」

「はい、やってますけど」

「あれもね。あんなに速いスピードで育ったりしないんだよ？　普通はひとつの樹に卵がなるのに数年以上はかかるしね」

そうだったのか⁉　確かに考えてみれば樹って普通はそれくらいかかるよな。

なんでオレはあの異常な成長速度にツッコまなかったんだろう。

「でね、君にやってほしいのは同じように種から世界樹を育てて欲しい、そういうことだよ」

「種？」

「そう、種」

モーちゃんがニコニコしながら手の平になにかを生み出す。

それはなにかの幻だろうか、半透明な巨大な宝石が見えた。

見方によっては種の形に見えないこともない。おそらくはこれが――

「これが生命の樹の種。これの本物を君がこの世界の大地に植えればそこから新しい世界樹が生まれる」

「なるほど……。それでその種というのはどこに？」

「種はもともと、その生命の樹の中心に存在してたんだ。ちょうど心臓《しんぞう》のようにね。けれど生命の樹が切り倒されるのと同時に、そこから現れたこの種を世界樹の宝石として人間が奪っていった。つまり現在その生命の樹の種は……」

「それを切り倒した人物……六大勇者が持ってるってわけか」

これはまた途方もないことになってきたぞ。

ということは、その種を奪って生命の樹を育てるには六大勇者との接触は避けられないということだ。

しかも、そいつらは魔物をこの世界から排除するべく世界樹を切った連中。

そんな連中に世界樹を復活させたいから種をくださいなんて言えるわけがない。

どうしようこれ、完全に詰んでるぞ。

うん。やはりここはモーちゃんからの依頼をやんわり断る方向に持っていこう。

「あ、そうそう。最初に君に会った時に言ってたよね。この世界がやばいことになってるって」

そこでモーちゃんは再びオレの考えを読んだのか間髪《かんはつ》入れず、とんでもない爆弾発言をする。

「あれね。この世界から生命の樹がなくなってるからなんだ。生命の樹は文字通りこの世界の命そのものを支えていて、現在の状態だと遠からず世界の維持《いじ》が出来ず崩壊しちゃうんだ。もちろん、残りの世界樹も切り倒されたら世界が崩壊してなくなっちゃうんだよ☆」

……………はい？

いま、この女神様なんて言った？

なんかすごいとんでもないこと言ったよ。

ええと、つまりその、え？

「それってこの世界に転移してきたオレも……？」

「うん、世界と一緒に死んじゃうよ☆」

おいいいいいいい‼　なに考えてるんだ、この世界の勇者共は！　馬鹿か！　もう一回言うぞ！　馬鹿か‼　この世界の勇者は‼

「ちょ！　女神様！　なんでそれをこの世界の人間全員に教えないんですか⁉　世界樹切るのって世界を殺すようなことなんでしょう！　その六大勇者とやらに警告してください よ‼」

「いやー、それがね。僕って女神って言っても世界を見守るのが役割なんだ。だからぶっちゃけ、この世界で起こる出来事に関して干渉してはいけないことになってるんだ。わかるかな？」

「……つまり、この世界の人間が魔物を狩ってその挙句、世界を滅ぼしてもそれは人がやった行為であり、神が干渉することではないと？」

「そうそう、大体そんな感じ」

あー、まあ確かに、神様の視点からするとそうだよな。

その世界を生きてるのはそこの住人だから、どうするかも住人次第だもんな……。

ぶっちゃけ女神さまを責めるのはお門違いか。

「あれ？　じゃあ、なんでオレにこんなことを頼んでるんですか？」

「それはまあ、僕もこの世界をずっと見守ってきたからそれなりに愛着《あいちゃく》はあるわけだよ。だから直接の干渉にならないギリギリのラインで君にこうして〝お願い〟してるんだ」

そう言ってウインクを一つ。

なるほど、そういうことか。

オレが世界樹の種を集め、それを生命の樹として育てれば世界は存続する。できなければ滅ぶ。

女神様は直接関わりはしない。

あくまでもこの世界の運命を決めるのはこの世界に住む住人たちのみ。

そして、オレもまたその住人のひとりか。

「――分かりました。オレもせっかく異世界に転移してきたというのに死ぬなんてごめんですからね。やります、その世界樹の種集め。そして生命の樹も全て育ててみせますよ」

「わ～い、やったぁ！　さっすが！　ありがとうね、キョウ君」

そう言って豊満な胸をオレの腕に押し付けながら抱きつくモーちゃんに思わずタジタジになってしまう。

と、そこでオレはこの女神様に聞くべきもうひとつのことを思い出す。

「あ、そうだ。最後に一つ、スィのことなんですけど」

「ああ、そうだったね。その子のことについても教えないとね」

ええ、もともとそれを聞くために来たようなものですから。

「けど、僕が教えるまでもなく、君なら、なんとなく気づいてるんじゃないかな？」

モーちゃんからのそのセリフにオレはドキリとする。

そんなオレの心を見透かすように笑みを浮かべてモーちゃんが答える。

「お察しのとおり、その子は他のどんな魔物とも異なる特別な魔物。いや、魔物という枠を超えた存在――魔王の子供だよ」

その女神モーちゃんからの答えを聞きながら、オレの足元ではスィが抱きつくように眠っていた。

第七章　開催！　大料理大会！

かぽーん。

「いやー、いい湯だなー」

「ですねー、ご主人様」

「オレもいい感じに茹《ゆ》でかぼちゃになってきたぜ」

そう言って温泉の中でゆったりしている時、スィが大きな波を立てて入ってくる。

「すぃー！」

「わっぷ、こら、スィ。そんなに慌ててお湯に入ったらダメだって言っただろう」

オレの言葉にスィはごめんなさいとばかりに謝る。

というわけで現在オレ達は領主様の勧めで、温泉のあるこの街で湯に浸《つ》かっている。

無論、領主様がここをオレ達に提供してくれたのには理由がある。

「しかし、兄ちゃん。大料理大会までいよいよひと月を切ってるぜ。ここまで新しい魔物や食材の発見はあったが勝算はあるのかい？」

「まあ、なるようになるって」

少し前にオレが食堂コンテストに優勝したことによって、第十大陸マルクトで開かれる大料理大会への出場が決定した。

領主様からはそのお祝いとして、また大料理大会に向けて英気《えいき》を養うために、ここを案内されたのだった。

何しろ、自分の街の出場者が大会で優勝すれば一躍《いちやく》街の名は広がる。

そして、無論オレがその大料理大会に出場するのにはちゃんとした目的もあった。

「結局、ミナちゃんと一緒に大料理大会に出て優勝すること。それがオレ達の目的にも繋《つな》がったってわけだ」

あれから女神モーちゃんに、現在この世界に散らばった世界樹の種の在《あ》り処《か》とその所有者を知らされた。

その多くは六大勇者が保有しているのだが、たった一つ、それを手にした六大勇者の一人が大料理大会の景品として世界樹の種を提供したらしいのだ。

つまりは大料理大会で優勝すること。

それこそが世界樹の種ゲットへと繋がるのであった。

「モーちゃんの言ったとおり、世界の崩壊を止めるために種を集めて世界樹を育てるのが先決だが、それ以上に……」

もう一つ、オレには世界樹を育てなければならない大切な理由があった。

隣で温泉に浸かり、口から水泡を吐いて遊んでるスィを見ながら、数日前の女神様とのやり取りを思い出す。

「魔王、ですか」

イースちゃんからの言葉もあり、その可能性を考えていたオレは思ったよりも平静に答えた。

聞いた話によればこの世界の魔王はすでに滅んでいるとのこと。

ならばなぜスィは卵の状態であそこにいたのか？

「あのね、まずこの世界の魔王の役割について教えておくね」

そう前置きしてモーちゃんは語る。魔王がどんな存在であったのか。

「魔王っていうのは言ってしまえば守護者。魔物たちを統治する王であり、その役割は生命の樹《セフィロト》の守護なんだ」

「守護者……」

それは魔王というフレーズからはかなり離れたイメージであった。

「さっきも言ったように生命の樹ってのはこの世界を支える重要な柱であり、同時に世界から魔物がいなくならないように定期的に魔物たちの種を生み出す大樹。で、それを守ることが魔王の役割。ねっ、守護者っぽいでしょ？」

確かに。それは人々からすれば魔物を生み出す大樹を守るまさに魔物の王であるが、別の側面から見ればそれは世界の安定を司《つかさど》る守護者そのものだ。

「最初は魔王も生命の樹に害をなそうとする人間を追い払っていたんだけど、今から数年前に魔王はある人間の英雄たちによって討ち滅ぼされたんだ」

「それが六大勇者ですね」

「イエス！　さすがキョウ君！」

なるほど、六大勇者が勇者と呼ばれている理由には六つの邪悪の樹《クリフォト》を切っただけではなく、それを守護する魔王を討ち滅ぼしたことも含まれていたのか。

つまりこの世界の勇者たちは正真正銘、魔王を討ち滅ぼした救国の英雄ってわけだ。

「その討ち滅ぼされた魔王っていうのが……」

「そう！　なんとスィちゃんの親にあたる存在だったんだよ〜！　スィちゃんってば可《か》哀想《わいそう》……よよよっ」

泣き崩れるモーちゃんであったが、アンタ本当にそれ悲しんでるのか？

「でまあ、話を続けるけど、六大勇者によって討ち滅ぼされる寸前、魔王は最後の力を振り絞って自分の体内に存在した子供、つまりはスィちゃんを卵として分離させて、勇者たちの手が届かない安全な場所へと転移させたんだ」

それがあの森の中というわけだったのか。

「……魔王っていうのは他の魔物とは違って直接子供を産めるんですか？」

この世界の魔物はすべて樹になる卵から生まれる。

あるいは植物型の魔物のように種から魔物になるものもあるが、魔王はその例外なのだろうか？

「例外だね。魔王は魔物とは一線を画す存在。その存在もどちらかといえば人に近いよ。だから魔王は代々自らの子供を生んで、その子に代替わりを任せている。卵に包まれていたのは、子供を守るための障壁《しょうへき》みたいなものだよ。本来は人間と同じようにそのまま産まれるものだからね」

なるほど。ならば、オレがスィを育てられたのは……？

「君の魔物を栽培《さいばい》できるスキルが関係してると思うよ。普通なら、何があってもあの卵の殻は絶対に破れないはず。なのにスィちゃんが自分からやぶった。それは君を親だと思ったからこそだよ」

スィが卵からなかなか生まれなかったのはそういうことだったのか。

親、か。スィの本当の親はもういないんだよな。

なら、オレは足元で眠るスィの髪を撫《な》でながら、新たな決意を宿す。

オレがこの子の親代わりとなろうと、そう強く思う。

「うん。そうしてくれるとその子も嬉《うれ》しいと思うよ。それからもう一つ」

そう言ってモーちゃんはシリアスな表情をしたままハッキリと告げる。

「今の生命の樹が四つの状態のまま世界を支え続ければ、いずれ残った生命の樹に負担が掛かり一つずつ順に崩れていくと思う。そうなると、生命の樹を守護するために生まれた魔王の命も危ない。端的に言って生命の樹がなくなれば魔王も死ぬんだよ」

「なっ……！」

確かに魔王という存在が生命の樹を守るために存在するのなら、守るべき生命の樹がなくなれば魔王には役割がなくなる。

「スィは、残り四つの状態で体調に異常はきたさないのか⁉」

焦るオレに、モーちゃんは安心してと呟《つぶや》く。

「今の状態ならまだ大丈夫だよ。けれど遠からず四つのうちのどれかに負担がかかって崩壊が始まってしまうから、そうなるとあとはドミノ倒しだね。次々と残る生命の樹もなくなって世界もスィちゃんの命も危ない」

「……分かりました」

そこまでモーちゃんの話を聞いて、オレの中ですでにこの生命の樹を育てるという役割は絶対に果たさなければならないものになっていた。

「どのみち、受けるつもりでしたけれど、その話を聞いてオレも覚悟しました。必ず全《すべ》ての世界樹の種を揃《そろ》えて、新たな生命の樹を育てます」

世界のために、そしてスィのためにもオレは女神モーちゃんに誓う。

「――うん、君ならきっと出来ると僕も信じてるよ」

「それと最後にもう一つ、手に入れた世界樹の種はどこに植えてもいいですか？」

「そうだね、特にどこに植えてもいいとは思うけど、これだけの大きさだからあまり隣り合うように植えない方がいいかもね。理想は一つの大陸にひとつの世界樹かな。けど、この辺は世界樹を植える君のフィーリングが一番大事だと思うから、君が植えるにいいと思った場所があったなら、迷わずそこに種を植えていくといいよ」

モーちゃんのその助言を胸に刻みオレは静かに頷《うなず》いた。

◇　◇　◇

というわけで現在オレはひと月後に控えた大料理大会に向けて様々な魔物の栽培や料理法などを試みていた。

ある程度は地球にいた頃の料理も再現できているのだが、やはりそのまま再現するとなるとそれに相応《ふさわ》しい魔物が必要であった。

「あと一歩なんだがなぁ……やっぱ栽培だけじゃ限界もあるか」

いっそのこと、高ランクの魔物を狩るべきか、そんな思考が頭をよぎる。リリィならばあるいはAランクの魔物も倒せるのかもしれない。だが、そうなるとリリィに負担をかけることになる。

「キョウ様。大料理大会はキョウ様が想像するよりも遥《はる》かに強敵が集う場所です。なによりも、その世界樹の種を提供したという勇者。その人物も参加者の一人とのことです。つまりは自分が提供したものを再び取り戻すだけの自信があるということ。おそらくはキョウ様にとっても最も難敵となるでしょう」

「そうだよな。まず間違いなくそいつが最大の敵だろう。正直、今のオレで勝てるかどうか不安だ」

「大丈夫ですわ。私はキョウ様の実力を信じていますから」

「ああ、そう言ってもらえると嬉し……」

ん？

「当然のことですわ。私はこの身も心もキョウ様に捧《ささ》げた次第ですから」

そう言って、ぽっと頬《ほお》を染めながら自らの胸をオレに当ててくるグルメ貴族ことフィティス。

ってぉおおおぉいいいいいい‼

「なんでお前がここにいるんだよ⁉　ここ男湯だろう‼」

「あら、そちらのスィちゃんやドラちゃんは一緒なのに私だけ仲間外れなのですか？」

「スィは娘みたいなものだからいいの！　あとドラちゃんもマンドラゴラだから！」

慌てて飛びのいたオレにすかさずくっついてくるスィとドラちゃん。

二人ともすごい剣幕でフィティスを見てる。

まあ、この二人に関しては家族みたいなものだからいい。

だがフィティス。てめーはだめだ。

そんな和気あいあいとしているオレ達の耳に不意に誰かの笑い声が聞こえてきた。

「はっはっはっはっ。噂《うわさ》には聞いておったが、お主達、想像以上に面白いな」

見るとそこには温泉の湯気に隠れるように隅でお酒を嗜《たしな》みながら湯につかっていた女性がいた。

艶《つや》のある黒い髪に妖艶《ようえん》な笑みを浮かべた美女。

そんな絶世の美女とも表現すべき女性がこちらを眺めながら話しかけてくる。

「フィティスよ。お主が見込んだ男がどれほどかと見物に来たが、いやなかなかに愉快な男のようだ。確かにこれならばお主が惚《ほ》れるのも納得よ」

ん？　フィティスの知り合いか？

そう思ってフィティスの方を振り向くと、そこには驚愕《きょうがく》の表情が浮かんでいた。

「し、師匠、なぜ師匠がこんなところに？」

なに？　フィティスの師匠だと？

「んー？　儂《わし》の可愛《かわい》い弟子がどこかの男のもとに厄介になってると聞いてな。それがどのような男か見ておこうと思ったまでよ」

ほんのりと赤みを帯びた表情でこちらを吟味《ぎんみ》するように眺めるフィティスのお師匠。

というか、ここ男湯なんですが、なんでみんな普通に入ってるんですかね……？

「まあ、どちらにせよ。来月の大料理大会では嫌でも顔を見せる相手じゃ、今のうちに挨拶《あいさつ》をしておいてもよかろう」

なるほど、フィティスの師匠も大料理大会の参加者のひとりか。

「では、改めて自己紹介をしておこう。儂の名はカサリナ。前回の大料理大会の優勝者。

じゃが、お主にはこう言った方がいいかのう？」

そう言って、カサリナと名乗ったその女性は予想だにしない一言を放つ。

「『六大勇者』のひとり、賢人《けんじん》勇者のカサリナと」

はい⁉　六大勇者⁉　この人が⁉

オレが啞然《あぜん》としていると、その様をさも愉快そうにカサリナさんは見つめていた。

「ふふっ、なかなか良い表情じゃのう。それだけでも見に来たかいはあったぞ」

そう言ってこちらの反応を楽しむカサリナさん。

しかし、彼女が六大勇者ということはつまり。

「大会に世界樹の宝石を提供したのはあなたなんですか……？」

「そうじゃ、どうせ勝負をするのなら盛り上げたほうが観客も喜ぶじゃろう？　なにより、お主という獲物を釣るにはそれなりの餌《えさ》は必要だと思ったからな」

獲物？　餌？　どういう意味だ？

オレが世界樹の種を狙《ねら》うと知っていたのか？

そう思っているとカサリナさんの方からネタをバラしてくれた。

「お主は魔物を栽培する魔物栽培士なのじゃろう？　ならば、この世界の魔物達の源泉《げんせん》でもある世界樹の宝石には興味があると思ってな。それで餌として提供したのじゃ。まあ、どのみち、誰が相手であろうと儂はあれを取り戻す自信はあるからの」

なるほど。オレが女神様から請けたお願いを知っているわけではないということか。

しかし、なぜそこまでオレと戦うことを？

そう思っていると、まるでオレの心でも読んだように彼女は疑問の答えを提示した。

「実は六大勇者はすでにお主に狙いをつけておるのじゃ。お主が我らにとって有益な存在か否かかな。それを見極めるために儂が送られたのじゃ」

なにー!?　思わぬ爆弾発言に心臓が早鐘《はやがね》のように鳴り響く。

冷や汗をダラダラと流しているオレに対し、カサリナさんは愉快とばかりに笑う。

「安心しろ。今すぐお主をどうこうするつもりはない。言ったように大料理大会でお主の活躍を見てから判断するつもりじゃ。まあ、もっとも儂のいる決勝戦まで上がってこれぬなら、それまでじゃが」

それは決勝戦にも上がれないのなら、オレの価値はその程度であると言っていた。

領主様もそうであったが、人々に貢献《こうけん》できないようならオレの存在はむしろ不要ということを、この人もおそらくは言いたいのだろう。

ならば、まずは決勝まで勝ち上がる。そして、この人に勝ってオレの価値を認めさせると同時に世界樹の種をゲットする。

うむ。オレの計画に何ら支障はない。むしろ、一石二鳥で好都合だ。

「良い表情じゃのう。では一ついい事を教えてやろう。前回の優勝者である儂はその権限を使い、対戦の際は料理のジャンルを指定することができるのじゃ」

なんですとー!?　なんだそのお得な権限はー!?

「だから先に宣言しておくぞ。儂は――海鮮料理を指定する」

な、なにー⁉　この人、よりにもよってなんちゅージャンルを⁉

あ、よく見ると、してやったりみたいな笑みを浮かべてやがる！

「ふふっ、なかなかにそそる表情じゃ。では残り一ヶ月の間にお主がどれほどの成果を得られるか楽しみにしておこう」

そう言って湯から上がり入口に向かうカサリナさん。

その途中、何かを思い出したようにふと足を止めてこちらを振り返る。

「そうじゃ、最後にもう一つ。儂が海鮮料理で使う食材の目玉は、S級ランク魔物のリヴァイアサンの肉じゃ」

「リヴァイアサン⁉　師匠、いつのまにあれを仕留めたのですか⁉」

その単語に驚いたフィティスには言葉を返さず、飄々《ひょうひょう》とした態度のままカサリナさんは入口へと消えていった。

◇　◇　◇

「あのカサリナって人とお前は師弟らしいけど、具体的にはどういう関係なんだ？」

あれから温泉から出た後、オレとフィティスは泊まっている部屋の一つで、リリィを加えて、相談をしていた。

まずはフィティスとカサリナさんの関係から確認する。

「言葉の通り、あの方は私の師匠です。というのも私の家は料理の開発と技術によって貴族階級に選ばれた家系です。そのため代々の当主は料理の腕において一流であることが大前提。そのため親より彼女を紹介されたのです」

「なるほど。それで彼女に弟子入りを？」

「はい。当時、六大勇者の一人であったカサリナ師匠は、他の勇者とは異なり戦闘能力以上にその料理の腕が高く評価されておりました。実際、各国から宮廷料理人として迎え入れたいという誘いも受けていたようですが、彼女はその全てを断っておりました。ですが、自分が教えるに値する者には料理の技術を与えると言って私のもとへ来てくれたのです」

「お前はカサリナさんのお眼鏡《めがね》にかなったというわけだな」

「そうなりますね」

再び素直に認めるフィティス。聞く所によればその後の修行期間は一年ほどだったが、カサリナは教えることを教えた後、ふらりといなくなったらしい。

「正直、あの一年の修行があったからこそ、私もグルメ貴族としての称号を継承《けいしょう》できたと言えます。ですが、結局その間にカサリナ師匠を越えることは叶《かな》いませんでした。それほどまでにあの人の料理の才能はずば抜けています」

「なるほどな……」

オレは思わず冷や汗を流す。以前のフィティスとの対決で、こいつの料理の腕がオレより遥《はる》か上なのは理解できていた。

だが、師であるカサリナはそのさらに先にいるという。まさに次元の違う相手に思えた。

「……まずいわね。そのカサリナってやつの料理の腕もそうだけど、そいつが勝負で使うって宣言したリヴァイアサン。ハッキリ言ってそれだけでも桁《けた》が違うわよ」

リヴァイアサン。そのランクと価値はどれほどのものなのか。

「リヴァイアサンは危険度Sランクの魔物にして、その食材価値は最高の星五つ。世界七大美食の一つにも数えられ、食材としての価値は頂点に位置するわ。あれひとつで大会の優勝もありえるほどの食材だと聞くわ」

リリィの言葉に頷いたフィティスも説明する。

「リヴァイアサンを討ち取るには最低でも上級冒険者による百人以上の連合が必要ですわ。ですが、カサリナ師匠は六大勇者のひとり。この世界でSランク魔物を単独で討ち取れる数少ない存在ですわ。その時点で、こちらが遅れを取るのは覚悟するべきでしたが……」

「確かにSランクの魔物食材ともなればオレの栽培してる魔物じゃ厳しい。けど問題はそれだけじゃないんだ」

二人が言うように相手の実力や、捕獲《ほかく》した食材もあるが、それ以上の問題があった。

「海鮮料理というジャンル。それ自体がオレにとっては鬼門《きもん》なんだ」

そう。海鮮ということは海の幸。

そして、それはオレが唯一栽培できていないジャンルの魔物でもある。

そもそも土で育てるのが主なんだから、海の幸とか育てようがない。

一応これまで海の食材や魔物もいくらか捕らえはしたが、栽培や養殖なんて全然できていない状態だ。

「くそっ、あのカサリナとかいう人。オレのことを事前に調べあげてるな。その上でこっちが苦手なジャンルに持ち込んでるとしか考えられない」

「おそらくそれは当たっていますわ。師匠の別名は賢人勇者。六大勇者の中で武勇のみならず料理、知識、そして策謀《さくぼう》。それらを駆使して得た勇者の称号なのですから」

そう言って肩を落とすフィティスは、意を決したようにオレにある事を打ち明ける。

「それと、もうひとつ……キョウ様、私、前に言いましたよね。ある人物に命じられてあなたのもとへ訪れたと」

「ああ、そういえばそんなことも言っていたな」

「あれはおそらく……カサリナ師匠だったのでしょう」

「なに？」

「前に言ったとおり私は手紙の命令に従ってキョウ様のもとへ向かいました。手紙に押された印影《いんえい》は六大勇者のもの。今にして思えば、私に届いたそれは師であるカサリナ師匠によるものの可能性が高いです」

確かに言われてみればそうだ。

前に手紙を見たリリィも六大勇者の印影だと呟いていた。

「ですので、今回は師匠自らキョウ様に接近したのだと思います」

なるほどな。そう考えれば辻褄《つじつま》は合う。

次の大料理大会。やはり賢人勇者カサリナは避けては通れない相手のようだ。

「けど、どうするの、キョウ？　相手は言ったとおりアンタのことを調べ尽くしてるんでしょう。なにか算段はあるの？」

顎《あご》に手を当てて、しばし悩む。

確かに海鮮料理という相手の土俵《どひょう》に持って行かれたのには参った。

しかし、こうなった以上は相手の土俵で戦うしかないわけだ。

「すぃー」

悩んでるオレを気遣ってかスィが裾《すそ》をくいくい引っ張ってキラープラントの果実を差し出す。

「すぃー！」

「ありがとう、スィ」

スィの好意にオレは微笑《ほほえ》みながら、それを受け取る。

キラープラント。以前のフィティスとの勝負ではこれが勝敗を分けた。

だが、あの時のメイン料理はあくまでもコカトリスの肉。

キラープラントはそれを引き立たせるためにトマトソースとしてかけたもの。

と、そこでオレは思い出す。

この世界の料理はそのほとんどが素材の味を活かした料理だ。

前にミナちゃんと料理した際も、この世界における調味料は塩、砂糖とシンプルなものばかりだった。

フィティスの料理にしても、調味料と言えばレモンドラゴンの果実という、他の魔物から取れるものをそのまま使っていた。調味料はあくまでも素材を引き立たせるための脇役《わきやく》に過ぎない。そうした認識が強いのだろう。

あの時は気付かなかったが、オレのコカトリスのキラープラントソースがけが評価されたのは、キラープラントの果実を一度じっくりと煮込みソースにしたことへの評価もあったのではないのか？

ならば、その調味料を主役と同じように引き立たせれば……！

「――そうか！」

オレは閃《ひらめ》き、思わずそのまま立ち上がる。

ある。特にオレが生まれた日本はそうした調味料に関して他の国にはない独自の開発を行ったものがある。

そして、それを生かす料理も！　これならばひょっとしたら！

「なにか思いついたの？　キョウ」

そんなオレの行動を見てリリィが問いかける。

「ああ、この素材と調理法なら十分、海鮮料理でも通じる！　しかもオレが栽培した魔物たちも使える！　あとは海鮮の素材が……」

とそこで、オレはその単語を口にして気づいてしまった。

何を作るかの問題は解決した。だが最後の一つ、料理の材料。メインである海鮮の魔物。その最後の壁が絶対に越えられないという事実に。

「どうしたの、キョウ？　なにか思いついたんじゃないの？」

「あー、えっと、その……」

オレは思わず言葉を詰まらせる。

最後の一つ。海鮮料理のメイン。カサリナさんがSランク魔物であるリヴァイアサンを用意する以上、たとえどんなに調理法で技巧を凝らしても、素材自体の味で確実な差が出てしまう。

ならば、それを埋めるには最低でも相手と同じレベルの食材を用意する他ない。それはつまり――

「いや、やっぱりちょっと無理があったみたいだわー。ははっ、期待させてすまねぇ。ちょっと一人でもう一回ゆっくり考えてみるからさ。お前らは先に休んでていいぜ」

誤魔化すように曖昧《あいまい》な笑みを浮かべてオレは部屋から出て行く。

そんなオレの背中からフィティスの「キョウ様なら、なにか考えがあるはずです。ここはお任せしましょう」という言葉が聞こえてくる。だが、リリィは去っていくオレの背中を静かに見つめ続けているようだった。

「……どうする。この調理法ならいける気はする……だが食材が……」

一人、宿の庭先で池を眺めながらオレは独り言を呟いていた。

カサリナさんとの勝負。出すべき料理は決まったが、問題は食材の調達だ。

彼女が出す星五つの価値を持つというSランクの魔物リヴァイアサン。

どうあがいても今のオレではそれに匹敵する食材を用意出来ない。

「文字通りの手詰まり……か」

オレが持つ食材と、今からかき集める海鮮の食材で料理を作れば、いい勝負はできるだろう。

だが、そこ止まり。最後の差で勝つことは出来ない。

「くそ……世界樹の種を集めないとスィの命だけじゃなく、この世界だってやばいかもしれないのに……」

苛立《いらだ》ち、思わずそんなセリフを吐き捨てるオレは、背後に立つ人物に気づかずにいた。

「なら、頼ればいいじゃないの。アンタらしくもない」

その声にオレは思わず振り向く。

そこにいたのはこの世界に来てから誰よりも頼りにしてきた相棒《あいぼう》。

「リリィ」

夜の闇《やみ》の中、月の光を受けて立つリリィは今までになく美しく可憐《かれん》だった。しかし、その表情は不満に満ちている。

「キョウ。アンタ、本当はもう勝てる料理の算段が出来てるんじゃないの？」

「な、何言ってんだよ……そんなのまだ出来てないってさっき……」

「さっきのは嘘《うそ》。本当は出来ていて、けど何かの理由で諦《あきら》めたんでしょう。違う？」

「…………」

某女神様ではないが、オレの考えをそのまま見抜いたリリィに思わず力の抜けた笑みを向けてしまう。

「ったく、お前には敵《かな》わねーな。なんでわかったのやら」

「これまで散々一緒にいたんだもの。何考えてるかなんて大体わかるわよ。それにアンタ結構顔に出やすいし」

マジで？　これからはもうちょっとポーカーフェイスの練習するべきか？

「で、何が必要なの？」

そんなオレのアホな考えなどスルーして、リリィは核心をついてくる。

その真剣な表情にオレは思わず本音をぶちまける。

「こればっかりはお前でも無理だ。多分頼めばお前は死ぬ」

それは紛《まぎ》れもないオレの本心であった。

もしも、これが可能ならば勝てる自信はある。だが、そのための代償《だいしょう》はあまりにも大きすぎる。

下手をすればリリィを失う。それだけは避けたい。

先程オレはスィの命を失いたくないと思ったが、それはリリィに対しても同じだ。

リリィには言葉では言い表せないほどの感謝をしている。

最初に魔物を栽培した時に出会ったのが彼女でよかった。

リリィは普段は勝気な性格だが、本当は心の優しい少女であり、見ず知らずのオレにあそこまで世話を焼いてくれたのも、彼女だったからこそ。

リリィがいたから、色んな魔物を狩り、その種や食料となるものを調達出来た。

最初は何気ない相棒宣言だったかもしれないが、少なくともオレの中ではリリィは絶対に欠かせないパートナーだ。

その彼女を危険にさらすような頼みをできるわけがない。

だが——

「はぁ……やっぱアンタにはハッキリ言わなきゃいけないみたいね」

ため息をつき、リリィがオレの眼前まで近づいたかと思うと、次の瞬間その小柄な体からは想像もできないような力でオレの襟首《えりくび》を摑《つか》んで、顔を間近まで引き寄せる。

「舐《な》めてるんじゃないわよ‼」

ハッキリと夜の闇に響くほどのリリィの怒声が上がる。

「アンタは相棒のことをなんだと思ってるの？」

リリィのこれまでにない真剣な瞳《ひとみ》がオレを貫く。内にあるオレの不安や恐怖を見透かすように続ける。

「死ぬかもしれない？　アタシじゃ無理かもしれない？　なるほどね、アンタがアタシの身を心配してくれるのは嬉しいわ」

わずかな喜びを感じたように笑みをこぼす。しかし——

「けどね、そうした考えが相棒に対する一番の侮辱《ぶじょく》だって分からないの⁉」

かつてないほどの憤りを抱え、リリィはオレへ向けて吠《ほ》える。

そこにあったのはどうして自分を信じられないのかと問うような叫びであった。

「相棒っていうのはどんな時でも相手を信頼して頼むものよ。無理だからとかそんなのは関係ない。ううん、たとえ無理だろうと信頼する相手ならやってのける。それが相棒ってものでしょう？」

そう言ってリリィはオレの顔を見つめる。

その瞳には、自分を信頼して欲しいという想いがこもっているようだった。

「なによりもアンタ、これは自分だけの問題だ、なんて勘違《かんちが》いしてない？」

「え？」

「あの女神と会話したときにはアタシ達もいたのよ。アンタがアタシを相棒だって言って、一緒に連れて行ったんでしょう」

そうだった。あの世界の危機に対する話はリリィ達も全て聞いている。

「アンタ言っていたわよね。この世界の運命を決めるのはこの世界に住む住人だって、ならアタシもそうでしょう？」

そうだ。これはオレ一人が抱えていい問題ではなかった。

むしろ、それで世界を救えなかったらどうする？　そんなものは傲慢《ごうまん》でしかない。

「なによりも、アタシだってスィちゃんに生きていてもらいたい。その気持ちはアンタと変わらないのよ、だから——頼りなさい」

リリィは摑んでいた手を放し、その顔に笑みを浮かべてオレを見つめる。

「アタシはアンタの相棒でパートナー。アンタが勝てる料理を作るようにアタシはその食材となるものを狩る。最初からずっとそういう役割分担でしょう」

いつものように何でもないとばかりにオレの胸に拳《こぶし》を軽く打ち付けるリリィ。

勝手に無理だと決めつけて背負い込んでいたのはオレの方だったようだ。

むしろ、なぜできないと思ったのか。

そんなはずはない。こいつの強さを誰よりも見続けてきたのはオレだったはずだ。

オレもまたリリィに笑顔を返す。

「それにアンタのために戦いたいって連中は、アタシ一人じゃないんだからさ」

「そういうことだぜ、兄ちゃん」

夜の闇の中からひとつのかぼちゃがふわふわと浮かんでオレの方へと近づいてくる。

「ジャック……」

「兄ちゃんのためになるってんなら、オレはたとえ地獄《じごく》だろうと望んで行くぜ」

ニヒルな笑みを浮かべるジャック。

そして、この場に現れたのはこいつだけではなかった。

「ぴぃー！」

上空から鳴き声が聞こえたかと思うと、オレの頭の上へと乗っかる子ワイバーン。

「バーン！」

この子もまたリリィやジャック同様に力になるとばかりに唸《うな》り声を上げて、翼をはためかせる。

「すぃー！」

見るとスィまでもオレの後をついてきたのか足元へと駆けつけ、そのまま足にしがみつく。

「スィ……」

「皆さん、キョウ様の力になりたいと言っているようですわ」

「ご主人様！　もちろん私もご主人様の力になります！」

声のした方を見るとそこにはフィティスと彼女の肩に乗ったドラちゃんまで現れていた。

オレはこの場に集まってくれた全員の顔を見渡す。

リリィ、フィティス、スィ、ジャック、バーン、ドラちゃん。

みんな魔物栽培をやっていたからこそ出会えた大切な存在だ。

だからこそ、そんな家族や相棒を信頼するのは当然のこと。

「――リリィ、ジャック、バーン。頼みがある」

オレは改めてリリィ達へと向き直り、宣言する。

「大料理大会、その決勝の相手となるカサリナさんに勝つために、彼女と同じ食材――Sランク・リヴァイアサンの討伐を頼む」

生まれて初めて、オレは心から信頼する相手へと頭を下げて、そう頼んだ。

Sランク。討伐するには最低でも上級冒険者達による連合が必要なほどの前代未聞《ぜんだいみもん》の強敵。

それを前にたった一人と二匹の魔物で何ができるのか。

誰もがそう思うような無茶な頼みに対し、しかしリリィ達は――。

「任せなさい。絶対に、アンタのところに届けてあげるから」

笑みを浮かべながら、答えてくれた。

「ああ、じゃあ任せるよ」

リリィにオレは手を差し伸べる。その手をリリィも握り返す。

「キョウ様、私はこちらのリリィさんのように戦闘力は持ちませんが、それでもキョウ様の傍《そば》で支えることはできます」

そう告げるフィティスと同様に彼女の肩に乗るドラちゃんも頷いていた。

「ああ、ありがとう。フィティス、ドラちゃん、それにスィも。けど、さすがに戦闘力を持ってない三人にリヴァイアサン退治をお願いするわけにはいかないよ。それよりも」

そう言ってオレはスィを抱き抱え、そのままフィティス達に告げる。

「三人にはオレと一緒に大料理大会についてきて、応援をして欲しい。それだけで十分オレの支えになるから」

「すぃー!」

そんなオレの気持ちを分かってくれたのか、スィが頬《ほ》っぺたをくっつけてくる。

「ははっ、くすぐったいってスィ……っと、そうだ」

そこでオレは思い出したようにリリィに告げる。

「もうひとり信頼できる人物に協力を頼もうと思うんだが構わないか？　リリィ」

オレのその問いかけにリリィは何をいまさらと笑みを漏らす。

「別に構わないわよ。アンタが信頼する相手ならアタシだって信頼するわよ。なにか問題があるの？」

「あー、まあ、その相手ってのが……お前の苦手な奴というか、なんというか」

そのオレの表現で気づいたのだろう。

一瞬リリィの顔に緊張が走るが、すぐさま仕方がないとばかりにため息をこぼす。

「……いいわよ、別に。けど、ひょっとしたらその援軍はいらないかもしれないわよ。アタシ一人で先にリヴァイアサンを仕留める予定だから」

そう言ってドヤ顔を決めるリリィ。

「信頼はしてるさ。けど、お前が無事に戻って来てくれることが一番大事だからさ」

そんなオレの発言に、リリィはなぜか頬を少し赤らめながら「あっそ」と返した。

◇◇◇

あれからひと月。オレはいま大料理大会の舞台となる第十大陸マルクトへと到着していた。

「しかし、さすがは領主様の用意してくれた船だな。まさか数日で到着するとはな」

船から降りたオレは目の前に広がる都市を一望する。

そこは港というよりも、ひとつの港湾都市だった。オレがいた街よりも遥《はる》かに発展した光景が広がっている。

「大料理大会はここで開かれるのかい？　ミナちゃん」

「はい、その通りです。キョウさん」

そう答えるのはオレと一緒にこの大陸に来たミナちゃん。

彼女は大料理大会に出場するパートナーだ。むしろオレの方がミナちゃんの食堂屋への協力者という立ち位置だ。

——大料理大会。

それは世界中から選ばれた料理人たちが自らの技術・調理法をもとに競い合う大会。料理人としての腕はもちろん、食材を厳選《げんせん》する手腕《しゅわん》、更にはその食材となる魔物を狩る力。

それら全てが総合されて出来るのが、この世界の料理だ。

ゆえに単純な料理の腕だけでは決して優勝することはできず、むしろ高ランク食材の魔物をいかに入手するか。それをどのように調理するかで、評価が決められる。

また、この大会において出された料理の数々は全世界の料理図鑑に登録され、新たな料理として世界中に普及するという。

まさに料理というジャンルにおける開拓《かいたく》イベント。

華々しい功績《こうせき》を残した人物は、その栄誉《えいよ》に値する称号も受け取ることができるという。

そうした説明をミナちゃんから受けながら、オレは舞台となる場所を目指す。

「うおー、こいつはすげえ会場だな」

オレ達が行き着いた先は、コロシアムを連想させるような巨大なドームだった。

中へ入ると、中央にはまるで闘技場のような舞台が整っており、その周りは観客たちの興奮と歓声で埋め尽くされていた。

「はい、なんといっても世界一の食を決める大会です！　これに優勝すればその人物の名は歴史に刻まれ、店を持っていればたちまち世界トップの七つ星認定！　大会における功績によっては勇者への道も拓《ひら》けると言われています！」

いつになく隣で饒舌《じょうぜつ》に語るミナちゃん。

彼女もまたこの大料理大会の熱気に当てられているのかもしれない。

それも当然か。なにしろこの世界の料理人にとっては、この大会に出ることが夢の一つであるらしいのだから。

「おお、来たか少年。そちらがお主の料理人か？」

その時、不意に背後から声が掛かる。

振り向くとそこには先月温泉で出会ったフィティスの師にして六大勇者のひとりであるカサリナさんが立っていた。

「か、カサリナ様⁉　な、なんでカサリナ様がここに⁉」

あれ、なんでミナちゃんがカサリナさんのことを？

ひょっとして知り合いかな？　そう思い、尋ねてみると小声で答えが返ってきた。

「いえ……直接の知り合いではないのですが。六大勇者の一人、賢人勇者のカサリナ様と言えば私たち料理人にとってはまさに英雄そのものですから。この方がもたらした料理の技術によって時代は百年ほど先に進んだと評価されています」

なるほど。そういうことか。確かに料理人ならば誰でも知っていて当然のレベルか。

「それでどうじゃ、キョウとやら。儂との勝負の勝算はあるかの？」

「さあ、現時点ではなんとも。けど、オレもただで負けるつもりはありませんから」

そんなオレの強気な発言にカサリナさんは愉快《ゆかい》とばかりに笑みを浮かべる。

「そうこなくては面白くない」

相変わらずの余裕の態度だったが、それは自らの実力に確信を持っているからこそだ。

そこでカサリナさんはふとオレの足元に引っ付いているスィに目線を移す。

「そう言えば、その子はお主の子供かなにかか？」

その発言にオレはドキリとする。

スィの正体について探りを入れているのか、あるいは単純な好奇心か。

「まあ、そんなところです。一人ぼっちのところを拾ったんです。両親もいないみたいで、今ではオレが親代わりなんです」

「ほお、そういうことだったのか」

オレの言葉に頷くようにスィは力強く足にしがみついてきた。

「ふふっ、子供に好かれているようでなによりじゃな。では、その子のためにもカッコいいところを見せないといけないの。せいぜい決勝まで上がってくることじゃな、お主との勝負、楽しみにしておるぞ」

そう言ってオレ達から離れていくカサリナさん。

正直、スィの正体に気づかれないかヒヤヒヤした。

カサリナさんは魔王を滅ぼしたとされる六大勇者の一人。

その彼女がスィが魔王の子だと知れば、どんな行動に出るかわからない。

幸か不幸か、今の彼女の興味はオレに集中しているようだから、なるべくスィへと目が行かないように注意しないと。

「お待たせしました、皆様ー！」

その瞬間、会場の中心に司会者が現れる。

「遂《つい》に食の新たな文化、世界一の大会！　大料理大会の開始をいたしますー！」

その司会者の宣言に「おおおおおおおおお！」と沸《わ》き立《た》つ観衆たち。

オレもミナちゃんも遂に始まったと頷き合い、舞台の方へと向かう。

そうして、ステージの上に立つのはオレ達を含めた八人の参加者。

ミナちゃんが言うには第二大陸と第三大陸は他より国が小さく人口も少ないため二大陸合同での大会で出場者を決めているという。そして、それは第八と第九大陸も同じらしい。

つまりこの八人のメンバーによるトーナメント表がこれより発表される。

「では第一試合の発表から行きます！　第一試合、ミナ食堂屋対ルドレストラン！」

司会者の発表に対し、頷きあうオレとミナちゃん。

一回戦とは言え、相手もまたオレ達同様に大陸の大会で優勝した人物だ。

気合を入れなければ足元をすくわれる。

目標はあくまでカサリナさん打倒だが、その前に敗退するようでは話にならない。

オレは掛け声と共に気合を入れ、用意してきた栽培魔物の数々を取り出す。

「オレも絶対に決勝まで行くから。お前たちも頑張れよ――リリィ」

そう言って、オレはこの場にいない相棒へと激励《げきれい》を送った。

◇◇◇

「――さすがはSランク魔物、そう簡単にはいかないわね」

キョウと離れてからしばらく、アタシはようやく目的の魔物である海の支配者リヴァイアサンと対峙《たいじ》していた。

リヴァイアサンは第二大陸コクマーの遥か北に位置する絶海の孤島周囲の海に存在するという。その姿はまさに海の龍神。

危険度S級とされるその魔物は個人で戦うレベルをはるかに逸脱した相手である。

それを証明するかのように海面に姿を現したその姿から受ける迫力はアタシが今まで対峙してきた魔物の遥か上を行く。

その外見はまさに竜。蛇のように長い胴体は海中へと沈んでおり、それでもその全長は数十メートルを越す巨体であると推測できる。

見るだけでこちらを威圧する獰猛《どうもう》な顔が向けられる。

やがて、その口が開かれ、そこから超水圧のブレスが吐き出される。それが戦闘の合図となった。

瞬時にその場を離れ一撃を避《よ》けるものの、ブレスがあたった場所には巨大なクレーターが出来ていた。

単純な破壊力で言えば龍種《りゅうしゅ》が吐く炎のブレスをも上回る。

「やってくれるじゃないの、ならアタシも最初っから全力で行くわよ！」

そう宣言し、アタシは速攻リヴァイアサンに向け瞬速の剣技による斬撃《ざんげき》を放つ。

だが、アタシが放った剣による軌跡《きせき》はリヴァイアサンが持つ鱗《うろこ》にわずかな傷をつける程度。本体へのダメージはまるでない。

その反撃とばかりに、今度は海中に隠れていた尻尾《しっぽ》による一撃が振り下ろされる。

「……！」

間一髪。なんとか後方に下がったことで直撃は免《まぬが》れたが、奔った衝撃波でアタシの体は遥か後方へと吹き飛ばされ、そのまま壁に激突する。

「ぐっ……！」

まるで内臓を内部から叩《たた》かれたかのような衝撃、ついで訪れる目眩《めまい》と吐き気。

直撃を避けての衝撃波だけでこの威力。おそらく直撃すればアタシの命はない。

「……さすが、Sランク魔物ね……」

幸い、痛みも目眩もすぐさま収まる。だが、そんなアタシの回復を待つわけもなく、再びリヴァイアサンが口を開き超水圧のブレスを吐こうとしたその瞬間。

「ぴぃー！」

遥か上空より飛来する一匹の子ワイバーン。

体長は未《いま》だ一メートルにも満たないほどの大きさではあるが、その鉤爪《かぎづめ》は十分に岩を傷つけるほどの強度を誇っている。

バーンちゃんの鉤爪が、ブレスを吐く寸前のリヴァイアサンの片目を引き裂く。その痛みと衝撃に、リヴァイアサンは超水圧をあらぬ方向へと放ち、再び地面にクレーターを作る。

「ありがとう！　バーンちゃん！」

「ぴぃー！」

アタシの呼びかけに呼応するように声を上げるバーンちゃん。

バーンちゃんの攻撃ではリヴァイアサンに傷をつけることはできない。

それでも急所への攻撃なら、ある程度のダメージを与えることが出来るし、隙《すき》を作ることも可能。

アタシはバーンちゃんに指示を出して、リヴァイアサンの注意を引きつけてもらう。

その隙を突いてリヴァイアサンの鱗の一部を剣戟《けんげき》によって弾《はじ》き飛ばし、その場所に剣を突き刺す。

「グオオオオオオオオッ‼」

本体の大きさからすれば針が刺さった程度の痛みにすぎないだろう。それでも痛みに変わりはない。

リヴァイアサンは自らに傷をつけたアタシに明らかな憎悪の瞳《ひとみ》を向け、再びブレス攻撃を行おうと口を開く。

だが、その隙を逃すアタシとバーンちゃんではなかった。

先ほどと同じように上空からバーンちゃんがリヴァイアサンの目を狙おうと急降下したその瞬間、リヴァイアサンの口が閉じられた。

「えっ⁉」

驚く声を上げる間に、上空から降りてきたバーンちゃん目掛けて、海中へと潜んでいた尻尾が躍り出る。飛来したバーンちゃんの体を、そのまま叩き飛ばした。

「――ぴぃッ⁉」

バーンちゃんの体が、そのまま岩壁へと叩きつけられる。

「バーンちゃん！」

急ぎバーンちゃんのもとへ向かう。幸い息はあるものの戦うだけの力は残っておらず
「ぴぃー……」と力なくアタシの頬に顔を擦り寄せてきた。

「……大丈夫よ、あとはアタシに任せて」

アタシは気合を込めて剣を握り、リヴァイアサンへと向き直る。

だけど、正直、アタシは焦っていた。リヴァイアサンの強さは単純なその戦闘能力だ

けではない。

先ほどのブレスは明らかなブラフ。それによって近づいたバーンちゃんへの奇襲《きしゅう》攻撃を行った。

こいつは本能で戦うような魔物ではない。戦い方を知る魔物。それこそが最も厄介な点だった。

どんなに強大な魔物でも、本能でしか行動できないならばいくらでも弱点をつけるし、隙を作ることも容易。

だが、こいつにはそれが通用しない。一度受けたことは学習し、二度目は通じない。

おそらくはその学習能力の高さこそがリヴァイアサンがSランクである所以《ゆえん》なのだろう。

リヴァイアサンを倒すには高レベルの冒険者が百人以上必要。その意味がようやく実感できたアタシは、剣を持つ手がわずかに震えているのに気がついた。

けれど、ここで退くわけにはいかない。

あの時、アタシを信頼してくれたキョウのためにも。

あいつの相棒として相応《ふさわ》しくあるために、アタシは唇《くちびる》を嚙《か》み締め、もう一度剣を握り締める。

「どうやらここはオレの出番のようだな」

その時だった。それまで隣で静かに浮かんでいたジャックがすっと前に出てきた。

「オレの出番って……アンタ、なにかできるの？」

「ああ、この日のためにオレはずっと取っておいたのさ、オレのクラスチェンジ即《すなわ》ち進化を」

進化。それは経験や年月を重ねた魔物が、現在の種族からさらに上位の種族に生まれ変わるというもの。

以前に森で出会ったグリズリーキングがそうであったように、進化した魔物は段違いの強さへと生まれ変わる。

「つまりそれって、アンタ今から上位の種族に進化できるってこと⁉」

「ああ、兄ちゃん達と出会い、旅を経てオレの進化の条件が満たされたのさ。いつか兄ちゃんがピンチの時にこの封印を破るつもりだったが、どうやら今がその時のようだ」

そう言ったジャックの体が突如《とつじょ》光に包まれ、その体に次々とヒビが入る。

そして、殻を破るように光の中から新たなジャックの姿が現れる。

「ふぅ……これが進化か。いささか奇妙な感覚だが、悪くない」

そこから現れたのは人間の姿をしたかぼちゃの紳士。

どこから出たのか燕尾服《えんびふく》を着こなし、杖《つえ》を片手に帽子をかぶるその姿はまさに王国の貴族や紳士を思わせる。

……ただし頭はかぼちゃのままだけど。

「さて、それでは片付けましょうか」

進化したことでキャラも変わったのか、やたら紳士風にカッコつけた言動で周りに無数の火の玉を生み出す。

いや、あれはただの火の玉じゃない！　まるで地獄の底から現れたかのようなその青い炎は、通常では考えられない熱量を携えていた。

「さしずめイグニス・ファトゥス、愚者《ぐしゃ》の炎とでも呼びましょうか。冥界《めいかい》にしか存在しない地獄の炎です」

上級の魔術師が冥界との門をつなぐことでようやく現界可能な炎をジャックはあっさりと使いこなしていた。

すでに彼の周りには十を超す冥界の炎がまるでランタンのようにいくつも漂っている。

「では早速ですが、幕引きの時間です。レッツショーダウン」

ジャックがリヴァイアサンに杖を向け、指揮を執ると同時に周りの炎が一斉に向かう。

これだけの炎、いかにリヴァイアサンといえども無事ではすむまい！

と思ったらあっさり吹き飛ばされてジャックも吹き飛んだー!?

「ふふっ……やはり進化したとは言えEランク魔物がCランクに変わっただけ……Sランクには敵わなかったよ……」

がくっ。

なんかそれっぽい演出さんざんしておいてこのオチとか！

余計なイベントに尺を取るなー!!

アタシもキョウの影響か、よくわからないツッコミを入れてしまった。

そんなアホなツッコミに意識を途切れさせた瞬間、辺りが暗くなった。

違う。これは巨大な何かが太陽を覆っている。

そう確信した瞬間、上空を見上げる。

するとそこには海からダイブし空中に躍り出たリヴァイアサンが、巨大な口を開き、襲いかかってくる姿があった。

まずい――！

咄嗟《とっさ》に回避をしようとするが、すでに射程内に捉《とら》えられている。

最悪の未来を予知し、アタシは思わずその瞳を閉じた――。

◇　◇　◇

大料理大会第二試合。第一試合を無事に勝ち抜いたオレとミナちゃんは、カール食堂屋の料理人カールとの対決を行っていた。

外見はおよそ二十代前半。凜々しい顔立ちに礼儀正しい物腰と紳士的な人物であった。

彼が出してきたのは鳥肉にブラックプラントの種を砕いたという調味料をまぶしたもの。

それはオレが知る胡椒、ブラックペッパーと全く同じものであった。

そして、やはりと言うべきかそれに対する審査員の評価も高い。

いつかオレがやろうとしていたことを、まさかこの大会の参加者に先を取られるとは予想外であった。

「では続きましてミナ食堂屋の料理です！」

司会者に促されるようにオレとミナちゃんは作った料理を審査員達の前へと並べる。

「どうぞ、こちらご飯の上にコカトリスの肉とその玉子を合わせた料理、名づけて親子丼です」

オレ達の料理を口に入れた瞬間、審査員達の表情が変わる。

「これは……どういうことだ⁉」

「本当にコカトリスの肉と玉子なのか⁉」

ざわざわと動揺を表す審査員達に対してオレは種明かしを行う。

「それはただのコカトリスではありません。オレが栽培したコカトリスの肉と玉子を使っています」

「なに⁉　魔物を栽培だと⁉」

その言葉には審査員達だけではなく、対戦相手のカールや観客までもが衝撃を受けていた。

「ええ。オレはそこで、栽培したコカトリス達を自由に育てました。平野の一角に彼らのための広いスペースを作り、そこで24時間リラックスさせて育たせる。そうして育ったコカトリス達の肉や玉子は野生のコカトリスよりも遥かに柔らかく臭みもない」

そう、地球でこうした動物の番組を見ていたオレは、自由に育った動物の肉や卵の方が遥かにうまいことを知っている。

だからこそ、オレは自分が育てた魔物を使った勝負なら、たとえ相手がAランクの魔物や星四つの価値を持つ魔物を出そうとも負ける気はしなかった。

「見事。確かにこれは我らの常識を越える味と料理。平凡なはずのコカトリスをここまで美味に仕上げるとは」

賛同するように他の審査員達も頷く。

「勝者――ミナ食堂屋！」

次の瞬間、割れんばかりの歓声。隣りにいるミナちゃんも思わずはしゃぎ、オレと手を握った。

こうしてオレ達は大料理大会における二回戦、準決勝を勝利したのだった。

残るは決勝――カサリナさんとの決着のみだ。

◇　◇　◇

会場中が沸き立つのが分かる。そこから溢《あふ》れる熱気と歓声はこれから始まる最後の対決に対する期待と興奮によるものだ。

「いよいよか……」

第一回戦、そして続く二回戦を勝利したオレとミナちゃんは、遂に今日、決勝戦である賢人勇者カサリナさんとの勝負を迎えていた。

正直、一回戦も二回戦の相手もプロと呼ばれる料理人であり、オレが栽培した魔物だけでの勝利は難しかった。

ミナちゃんによる調理のアシストがあってなんとか勝利することができた。

そんなミナちゃんへの感謝を込めて声をかけようとした際、会場から呼び声がかかる。

「それでは大料理大会決勝戦！　ここまで勝ち上がってきた挑戦者の紹介をいたします！　第四大陸ケセド王国の代表、小さな街の食堂屋少女ミナ選手とその付き添い人キョウ選手です！」

その司会者からの紹介に促されるようにオレとミナちゃんは会場へと上がる。

そこから見える観客席には、オレ達を応援するフィティスとスィの姿があった。

「キョウ様ー！　頑張ってくださいませー！」

「すぃー！」

彼女たちの応援にオレは大きく腕を振って応《こた》える。

ちなみにドラちゃんはオレの服のポケットの中に収まっている。

「対するは前年度大料理大会優勝！　これまで数年に渡りその王者の椅子《いす》を譲ったことのない無敗の料理チャンピオン！　賢人勇者カサリナ選手ですー！」

のだから。

彼女の登場と共に先ほどのオレ達へのもの以上の歓声が湧き上がる。

それもそうであろう。なんといっても観客達のお目当ては彼女の作る料理の方にある

「待っておったぞ、キョウ」

「約束は果たしますよ。この勝負であなたに勝って、優勝はオレ達がいただきます」

オレの宣戦布告に対してカサリナさんは愉快そうな笑みを浮かべる。

「では、これより決勝戦を開始致します。大会ルールにより賢人勇者カサリナ選手は料理ジャンルの指定が行えます。彼女が選んだ料理ジャンルは――海鮮料理です！」

司会者からの宣言を受け、再び盛り上がる観客達。

そして、カサリナさんも静かに包丁を手に臨戦態勢へと移り、その台座の上に数々の食材、魔物達を並べる。

「それでは大料理大会決勝戦――始め！」

司会者のその宣言と同時に、カサリナさんの流れるような包丁さばきが始まる。

次々と並べた食材や魔物が料理され、その合間に鍋《なべ》での煮物や炒《いた》め物も始めており、まるで分身でもしているかのような手際の良さだ。

「おおっと！　カサリナ選手、次々と食材を調理していくそのさまはまさに料理の舞《ぶ》踏《とう》！　見事です！　一方のミナ&キョウ選手は――あれ？」

司会者の肩からがっくりと落ちたような間抜けな一言。

それもそうだろう。こちらは向こうのように食材を調理するどころか並べてもいない。ただツボをいくつか台座にならべて、静観の構えをしているだけなのだから。

「これはどうしたことだー！　ミナ&キョウ選手！　食材に手をつけないどころか食材そのものがないぞー⁉　唯一鍋の水を沸かしてるくらいだが、それで一体何をするつもりだー⁉」

ちなみに沸かしている鍋の湯は、これから作る料理ではなく、別のものに使う予定だ。

だが、ある意味それが今回の料理の鍵《かぎ》を握る存在でもある。

そんなこちらの思惑《おもわく》を知ってか知らずか、カサリナさんは華麗な料理さばきをしたまま挑発するように声をかける。

「どうした？　自慢の栽培した魔物は使わないのか？　よもや勝負を投げたわけでもあるまい？」

「あいにく、海鮮料理で使える魔物なんて一ヶ月ちょいで栽培できるわけないんで、こっちはこっちの食材で海鮮料理に色をつけるだけです」

「ほお？」

しかし、そのためにはメインとなる海鮮の食材が必要だ。

これに必要なのは奇をてらった技術でも、特別な料理の腕でもない。

ただ単純に食材の美味《うま》さと鮮度、それが全てであった。

「だから――頼むぞ、リリィ」

オレはここにはいない仲間に全てを託し、彼女たちの到着を祈るのだった。

◇◇◇

自分が食われる瞬間を覚悟し、思わず目を瞑《つむ》った次の瞬間、予期していた痛みも衝撃もなく、ただ代わりに歌声にも似た少女の声が響いた。

「完全なる絶対零度《パーフェクト・オブ・アブソリュートゼロ》」

その呪文《じゅもん》の宣言と同時に、私は瞳を開く。

そこには私を飲み込もうとした形のままリヴァイアサンが空中で凍りついていた。

見ると、一面の海全てが凍りつき、地形そのものが変化している。

こんな天候や地形すら一瞬で変えた術の持ち主へと視線を移すと、そこには崖《がけ》の縁《ふち》に立つ白い魔女の姿があった。

「……て、手助けに……きた……」

「――イース」

それはあのドラちゃんの行方不明事件から知り合いとなった雪の魔女イース。

あの時、温泉宿でキョウが言った協力者、それがこのイースであった。

必要ないとは言ったが、キョウから無事に帰って来て欲しいという願いを受けて、アタシはこの子の協力を承諾《しょうだく》することとした、けれど。

この子がアタシの知る魔女とは異なると分かっていても、どうしても感情は割り切れない。

目の前に降りてくる魔女を見るだけで、やはり無意識に体が警戒してしまう。

「………」

そんなアタシの葛藤《かっとう》をよそにいきなり目の前のイースが頭を下げる。

「……ご、ごめん、なさい……！」

「へっ？」

そのあまりの唐突な行動に思わず呆気《あっけ》に取られてしまった。

「……リリィさんが……私のこと、嫌ってるのは……わかってる……」

あっ、やっぱりモロバレだったんだ……。

だよね、結構態度に出てたもんね……。

「いや、その、違うの。……嫌ってるんじゃないの……アタシは──」

言ってアタシは目の前のアタシを助けてくれた魔女に本心を打ち明ける。

「アタシは──魔女が、怖いの」

そんなアタシの告白にイースは驚いたように顔を上げてこちらを見ていた。

「……アタシね。昔に魔女に両親を殺されて、その時の記憶ってすごく曖昧《あいまい》なんだけど、
とにかく物凄《ものすご》く怖かったのだけは覚えているの」

炎上する景色の中、倒れたままのアタシが見たのは腕に刻印《こくいん》を刻んだ魔女の姿。

それ以来、アタシは魔女という存在が憎く、それ以上に——恐怖の対象であった。

アタシはそれを認めるのが怖くて、魔女であるこの子に対して警戒心を強めることでそれを誤魔化していたんだろう。

けれど、そんなことをしたところでアタシのトラウマが消えることはない。

むしろ、それを乗り越えたいなら、まずはそれを認めることから始めないと何も出来ない。

なによりも、こうしてアタシに嫌《こわが》われて《られて》いると知ってなお、助けに来てくれたイースに対し、アタシはちゃんと向かい合わないといけない。

そう思い彼女を見つめていると、彼女もまた何かを打ち明けてくれた。

「……私も……同じ……」

ぽつりと呟く。

「私も……故郷《こきょう》を勇者に追われて……それで家族とはバラバラで……でもドリちゃんだけは一緒で……」

そう震えながら語るイースを見て、この子も自分と同じ境遇《きょうぐう》なんだと知った。

気づくと先程まで彼女に感じていた警戒心が薄れるようであり、不思議と彼女に対する壁もなくなったかのようでもあり、アタシはずっと言えなかった言葉を彼女に伝える。

「ごめんね」

アタシの一言に驚いたような顔を見せるイース。

「今までひどい態度取って……それから、助けに来てくれて、ありがとう。あなたが来てくれたおかげで助かったわ」

アタシのそんな謝罪とお礼に対して、イースは慌てたように頭を左右に振って答える。

「……き、気にして、ない……」

そう言いながらもなにやらまだ言いたい事が残っているようでモジモジしている彼女の次の言葉を待つ。

やがて意を決したように放たれた言葉は意外なものであった。

「と、友達……！」

「え？」

「き、キョウさんに……頼まれただけじゃない……私、あ、あなたと……と、友達、に、なり……たい……！」

必死に、それこそ泣きそうな顔で彼女は搾り出すように言った。

それを聞いた瞬間、アタシは思わず笑ってしまった。

今までアタシは彼女を魔女と思って見ていたが、そうではないんだ。

なんのことはない。彼女はただ友達が欲しいだけの気弱な少女。

それが分かった瞬間、アタシは初めてイースに対して笑顔を向けた。

「うーん、そうね。今はちょっと……無理かな」

アタシの返答に対し、やっぱりとばかりに落胆《らくたん》するイースだが、すぐさま付け加える。

「まだイースのこと、よく知らないからさ。この戦いが終わってから、キョウのところに行くまでに色々教えてよ」

その提案を聞き、イースは驚いたように顔を上げ、そんな彼女に向けてアタシはハッキリと告げる。

「それでお互いの事をよく知ったらさ、その時は——改めて友達になろう」

「——はい！」

そのアタシの提案にイースは初めて笑顔を浮かべて頷く。

それとまったく同時に、氷漬けにされていたリヴァイアサンが氷を砕き、地面へと降り立つ。

だが、そこはすでにリヴァイアサンが得意とする海のフィールドではなく、一面氷漬けの地面になっている。

先程までと異なり、リヴァイアサンは地上戦を迫られることとなる。

アタシはこの状況に今までにない活路《かつろ》を見出《みいだ》していた。

これまでリヴァイアサンに決定打を与えられなかった理由のひとつに、フィールドが海だったことがある。

リヴァイアサンはその身を海中へと潜らせ、好きなタイミングで攻撃を仕掛けてくる。

そのせいで常に奇襲まがいの攻撃を受け、体勢を崩された状態から反撃するしか攻撃方法がなかった。

だが現在、フィールドは全て氷漬けとなっている。

雪の魔女であるイースが持つ属性は雪と氷。水を司《つかさど》る魔物にとって、それはある意味で炎以上の天敵となる。

「それじゃあ、前衛はアタシが担当するから、後衛はアンタに任せるわよ、イース」

「……はい！　リリィさん……！」

アタシが駆け出すと同時に、後方からイースの氷の魔術による無数の氷柱がリヴァイアサンを貫く。

その間隙《かんげき》を縫うようにアタシの一閃《いっせん》がリヴァイアサンの無防備な腹を切り裂いた。

その一撃の前に、かつてない咆哮《ほうこう》を上げるリヴァイアサン。

待ってなさいよ、キョウ。必ずこいつを倒して届けてみせるから！

そう決意し、アタシとイースは共に氷結の戦場を駆けた。

◇◇◇

「お待たせした。こちらがキングクラーケンの天ぷら、色彩魚のワイン蒸し、サーペンスターの黄金焼き、そしてリヴァイアサンの水炊き鍋だ」

豪華絢爛《ごうかけんらん》。まさにそう呼んでいい至高の料理の数々が並べられ、それらが全て審査員の口へと運ばれる。

「ほお、これは素晴らしい。キングクラーケンの最も美味な九番目の足だけを天ぷらに揚げ、そのほかはすべて切り捨てるとは。Aランク相当の魔物をこれほど贅沢《ぜいたく》に調理するとは、まさに美味の追求」

「色彩魚も危険度自体はFランク相当だが、これはその名のとおり姿形や色すら周りの景色と同化し、肉眼で捉《とら》えるのが困難な魔物。それをこれだけの量を捕らえ、大胆なワイン蒸しに仕上げるとはあっぱれ」

「そしてなによりも目玉は、このリヴァイアサンの水炊き鍋。至高の一品と呼ばれるリヴァイアサンの白身を損なうことなく、水炊きによる素材の旨みを引き出す調理法。まさにこれこそリヴァイアサンの味を最大限引き出す料理。見事なり賢人勇者よ」

うわ、審査員大絶賛の嵐《あらし》ですわ。観客からも拍手喝采《はくしゅかっさい》。

なんかもう勝負が決まったみたいな流れでカサリナさんも勝利の笑み浮かべてこっち見てる始末だし。

「さて、そちらは未だ調理どころか肝心《かんじん》の材料すら来ていないようだが、時間はいいのか？　この料理大会は時間内に料理を仕上げられなかった場合は失格となる。残り時間は一〇分。仮に材料が届いたとしても、その残り時間ではどうしようもあるまい」

おっしゃる通りかなり厳しいです。隣ではミナちゃんが必死に祈っている。

オレは最後まで諦めないつもりだが、こうなってくるとさすがに不安になってくる。

そんなオレの不安を察したのか胸の中に隠れていたドラちゃんがひょこっと顔を出し

て安心するように微笑む。

「大丈夫ですよ、ご主人様。みんなは必ず来ますよ。ほらっ」

そう言ってドラちゃんが笑顔で指した先、そこには大荷物を背負ってこちらへ向かってくるリリィ達の姿があった。

「――来たか！」

オレのその声に反応するように次々とみんなが会場へと飛び移り、オレ達の前に荷物を降ろしていく。

リリィ、イースちゃん、バーン、それに……かぼちゃ頭の知らない紳士がひとりいるんだが。

「おいおい、兄ちゃん。オレだよ、ジャックだよ」

ってお前かよ⁉　なんで人型になってるんだよ！　とツッコミを入れるが、隣にいたリリィが「進化したのよ、役に立たなかったけど」と説明してくれた。

「遅くなってごめん、キョウ。リヴァイアサンはうまく仕留めたんだけど、この大陸に向かうまで時間がかかったわ。最速の船でも数日かかってヒヤヒヤしちゃったけど」

見るとみんな息を切らしており汗だくだった。

おそらくここまで全速力で走ってきたのだろう。

それだけではなくリリィもバーンもイースもジャックも皆、その体にはまだ癒《い》えぬ傷が無数に刻まれていた。

それを見るだけで皆がどれほどの死闘《しとう》を行い、リヴァイアサンを仕留めたのか分かる。

そんな彼女たちの必死な姿にオレは改めて感謝の言葉を述べる。

「本っ当にありがとな。みんなが無事でよかった」

「……キョウ、さん……食材の方も、安心して……すべて新鮮なまま、私が……凍結処理をしておきました……」

言って広げた荷物の中から現れたのは、解体されたリヴァイアサンをはじめとする様々な海の幸がカチコチに氷漬けにされた姿。

なるほど、確かにこれなら鮮度は損なわれない。

それを証明するようにイースちゃんが呪文を唱えると氷の封印によって閉ざされていた海の幸達の姿が現れる。

それはまさにいま解体されたように美しかった。

「ありがとう、イースちゃん」

「……いえ、私よりも……リリィさんを褒《ほ》めて……彼女がリヴァイアサンを……仕留めたから……」

そのイースちゃんの言葉に反応するように隣に立つリリィを見て、宣言する。

「リリィ、ありがとうな」

「別に。言ったでしょう、相棒の信頼に応えるのは当然だって」

そうだ。リリィはオレの信頼に応えてくれた。

ならば次はオレが約束を果たす番だ。

「ああ、もちろん！　あとは任せておいてくれ、みんな！」

そのオレの宣言にリリィもイースちゃんも笑顔で頷き返し、みんなはスィとフィティスがいる観客席の方へと移動する。

「どうやら材料は揃ったようじゃな。まさかお主達がリヴァイアサンを仕留めるとは。だが、残り時間で儂の料理を超える調理を行うのは難しいであろう。果たして間に合うかどうか、それが勝負の分かれ道じゃな」

「間に合わせてみせるさ、絶対に」

そうハッキリと宣言し、オレとミナちゃんは予定通りの調理を開始する。

確かにカサリナさんの言うとおり彼女の洗練《せんれん》された調理法はまさに一級品。

今日初めてリヴァイアサンを調理するオレ達では、素材を生かした彼女の料理には勝てないだろう。

だからこそ、オレは小細工で勝負を仕掛ける。

気配り次第で、料理というものは大きく化けるもの。

問題はそれを仕上げるまでの時間。

「ミナちゃんはリヴァイアサンの方を頼む！　オレはこっちの魚介を全て捌《さば》く！」

「分かりました！　キョウさん！」

もはや時間はない。オレとミナちゃんとで役割を分けて、それぞれの料理を完成させる。それ以外に料理を完成させる手段はない。

刻一刻と流れていく時間。

残り時間あと数分。その緊張と追い込まれた精神によってオレは包丁で指先を切ってしまった。

「……っ！」

「キョウさん！」

くそ、こんな一分一秒を争うという時にこんな初歩的なミスを！

もともと特別料理が得意なわけでもなかったオレの平凡な料理スキルがここでボロを出すとは。

残り時間は……一分。

仕上げの調理はできているのに、あとは用意されたこの魚介類を捌くだけなのに。

あと一歩というところで、届かないのか。

くそっ！　リリィ達がオレの信頼に応えてくれたってのに、肝心のオレがそれに応えられないのかよ……！

そう悔しさのあまり唇を噛んだ。その瞬間であった。

「……ぱっ……！」

なにかの声。

どこかでいつも聞いていたそんな声が会場の方から聞こえた。

ふと、顔を上げると、そこにはリリィ達が観客席からオレ達を応援する姿があった。

「キョウー！　諦めるなー！　アンタそんな傷程度でへこたれてたらマジでぶっ飛ばすわよー！」

「キョウ様！　しっかり！　まだ時間はあります！　たとえ最後の一秒でも諦めないでください！」

「キョウさん……！　頑張って……！」

リリィが、フィティスが、イースちゃんが、みんながオレを応援していた。

そして、そんな彼女達の膝《ひざ》の上に乗っていた幼女。

オレが育てた娘が初めてなにかを口にした。

「……ぱぱー！」

それはオレを表す言葉。

自分を育ててくれた父親である、オレを呼ぶスィの初めての言葉。

スィが初めて人の言葉を喋ったことにオレだけじゃなく、その場にいたリリィやフィティスすら驚いていた。そして。

「ぱぱー！　がんばれー！」

頑張れ。スィはそう言った。

つたない言葉で、まさに初めて喋った赤子のように幼い声で。

だが、それでもスィの言葉と、そこに込められた想いをオレは受け取った。

気づくと指先の痛みなんか忘れていた。

それよりもオレは嬉しくてしょうがなかった。

スィが応援してくれたこと、スィが初めて喋ってくれたこと。

いや、それ以上に嬉しかったのは──スィがオレを父親だと、育ててくれたパパだと呼んでくれたことだった。

ならばこそ、娘にカッコ悪いところは見せられない!!

「ああ、見てろよ。スィ、お前のパパがいま勝利するところ見せてやる！」

「──キョウさん！　これを使ってください」

そう言ってミナちゃんがオレに包帯を渡してくれる。

すぐさまそれで傷口を塞《ふさ》いだオレは、これまでにない鮮やかな包丁さばきで残った魚介を切り分ける。

その手腕には隣にいたミナちゃんですら息を呑んでいた。

そして、ミナちゃんが焼き上げたリヴァイアサンの肉を大盛りのご飯に乗せ、用意していたツボの中から取り出した秘伝のタレをかける。

これで完成だ。オレ達の料理が完成すると同時に時計の針が制限時間を指す。

「それまで！　では、キョウ&ミナ選手の料理を披露《ひろう》してください！」

「──お待たせいたしました。これがオレたちの料理です」

なんとか出来上がった料理を審査員のテーブルへと運ぶオレとミナちゃん。

そこに並べられた奇妙な料理の数々に審査員一同が息を呑む。

「ふむ、これは一体……」

そこにあったのは一口サイズの米の上に数々の海鮮魔物の具が乗った料理。

「ＳＵＳＩと呼ばれるオレの故郷に伝わる料理です。食べるときはそちらの醬油《しょうゆ》に一口つけて食べてください」

これがオレの用意した海鮮料理。

海の幸を一口サイズにさばき、シャリと呼ばれるご飯の上に乗せることで、様々な味を楽しめる日本伝統の料理。

本来は海鮮の幸を乗せるのが主流であったが、オレがいた地球ではその具材も様々な変化をしていた。

海鮮ではなく肉を乗せたＳＵＳＩ。あるいは揚げた野菜や、玉子など、そのバリエーションは多種多様に広がっている。

今やＳＵＳＩのネタは海鮮だけにとどまらず肉や山の幸といった具材を乗せている。

そうした肉や野菜といった具材を海鮮ＳＵＳＩの合間に食べることで、逆に海鮮ＳＵＳＩの良さが引き立つ効果もあった。

「ほお、これは面白い。一口ごとにいろんな味を楽しめるな」

狙い通り、審査員たちは次々と物珍しげに、色んなネタのＳＵＳＩを口に入れている。

これならば海鮮料理という体裁《ていさい》で、オレが栽培した山菜系の魔物食材もネタとして使える。

そして、なによりオレはもうひとつの仕掛けを用意していた。

審査員たちがある程度、ＳＵＳＩを堪能《たんのう》し、さらに次のネタに手を出そうとしたタイミングで、オレはミナちゃんに合図を送りあらかじめ用意していたあるものを審査員のテーブルに置く。

「こちらをどうぞ。お茶と呼ばれる特殊な飲み物です。食の合間にお飲みください」

「ふむ、飲み物も用意していたとはなかなかに気が利くな」

審査員の一人が置かれたそのお茶を口に運ぶ。

その初めて味わう味のついたお湯に感嘆《かんたん》の息を漏らす。

そのまま次なるＳＵＳＩの具材を食べた際、一部の審査員たちの表情が変わったのをオレは確信した。

おそらく、今の反応でオレの仕掛けに気づいた人たちもいるはずだ。

現在、審査員達の評価は概《おおむ》ね好評だが、それでも賢人勇者のあのフルコースを前にすれば霞《かす》んでいることは間違いない。

ならばこそ、この仕掛けと、次のメインディッシュの評価で覆すしかない。

そうして、オレは今回のメインディッシュ――最後の品を審査員達の前へと運ぶ。

「お待ちどおさま。これがオレたちのメインディッシュ、リヴァイアサンの肉を串《くし》に刺して特殊なタレで香ばしく焼き、それをご飯の上に乗せたもの。通称リヴァ重です」

そこにはリヴァイアサンの肉を、秘伝のタレによって蒲焼《かばや》きし、炊きたてのご飯の上に乗せた、うな重のような料理があった。

「ほお」

これがオレ達にできる精一杯。あとは評価を待つだけ。

審査員が次々と目の前に置かれたリヴァ重を口へと運ぶ。

最初に審査員たちの表情に走ったのは、初めて感じる衝撃。

次《つ》いで緩やかだった箸《はし》の勢いがどんどんと増していき、ついには器を持ち上げて、全員が最後の一粒までかき込んでいく。

その濃厚な匂《にお》いが会場中に漂い、先程までカサリナさん一色だった会場中の声が静まり返り、ヨダレを飲み込むような音が聞こえる。

やがて審査員全員が用意したお茶をすすり終え、息を整えた。

「……実によい料理であった。では、これより評価へと移る」

会場中が静まり返る。

大料理大会では五人の審査員によってそれぞれどちらの料理が上であったかを決める多数決判定となっている。

まず一人目の審査員の判定は、賢人勇者。

くっ、やはりそう簡単にはいかないか。

と思ったが二人目の判定は、ミナ&キョウとこちらに票が入った。

だが続く三人目では賢人勇者。

そして、四人目では再びこちらと、票は二対二となった。

「おおっとー！　これは意外な展開だー！　あの賢人勇者カサリナ選手と五分の票を取ったぞー！　無名の新人でありながら、まさにこれは予想外の展開！　残る最後の判決はグルメマスターの手に委《ゆだ》ねられたー！」

グルメマスター。

そう呼ばれた人物は先程オレ達が用意したお茶を飲んだ際、何かに感心するように息を呑んだ老人だった。

しばし静かに両腕を組み、やがて決心したように片方の名を書き上げた紙を広げる。

そこに書かれていた名は――

「なっ……」

隣で賢人勇者が息を呑むのが分かる。

ああ、オレも同じ気持ちだ。

正直オレ自身も驚き、息を呑んでいるのだから。

そこに書かれた名はミナ＆キョウだった。

「なんとー！　まさかの大逆転！　勝者は小さな食堂屋の代表ミナ＆キョウ選手だー‼」

わあああああああああああああああああ!!!

割れんばかりの歓声を背にミナちゃんがオレの体に飛びつき、それに弾《はじ》かれるように観客席にいたリリィやフィティス、イースちゃん、そしてスィみんながオレに駆け寄ってくる。

だが、そんなオレ達とは対照的に、衝撃を受けながらもそれでも平静を保ちつつ、グルメマスターに声をかける人物がいた。

「勝負の結果に不満を言うつもりはない。潔《いさぎよ》く負けを認めよう。だが、その前にひとつだけ教えて欲しい。なぜ彼らの料理が勝利したのか、その理由を」

そこには不平不満の感情はなく、ただ純粋に勝敗を決する要因を知りたいという料理人としてのプライドが見えた。

その賢人勇者の質問を受けてグルメマスターが語りだす。

「その質問に答えるには、私も先にそちらの料理人、いや、これを作った仕掛け人に聞きたい。これはなんというものだったかな？」

グルメマスターのその問い掛けに対して、オレは即座に答える。

「醤油、というやつです」

そう、これこそがオレが仕掛けた調理法であった。

この世界における調味料は塩を始めとする、簡単なものしか存在しない。

他の魔物から取れる果実をそのまま調味料として使ったり、あるいはジャック・オー・ランタンやキラープラントの実を煮込んだものを使ったりだ。

料理そのものはすでに多くの開発や開拓が行われている。だがその一方で調味料そのものを作り込むということはされていなかった。

だからこそ、オレはそこに着目し、醤油を使った料理を思いつき、SUSIに行き着いた。

日本人にとって醤油は身近すぎるため、その価値がわからないかもしれないが、オレが知る中で醤油と味噌《みそ》は、全ての調味料の中で最も手間暇をかけた最高のものであると断言できる。

発酵《はっこう》や時間の経過。そうした繰り返しを経て、ようやくできるのが醤油と味噌だ。

おそらく調味料一つを作るのにここまで時間をかけるなど、この世界の人間には考えられないものであろう。

実際オレもお茶を作った後に、この醤油作りを始めたが、出来上がったのは最近になってから。

まだまだ地球にあった醤油にはほど遠いが、それでも形はこうして出来上がった。

「加えて、こちらのリヴァ重とやらにかかっていたタレ。あれも見事であった。あれほど濃厚な調味料は初めて食した。しかも、それがリヴァイアサンの肉と絡み合い、想像を絶する旨みを引き出していた」

そう、これも醤油があったからこそ出来た新たな調味料。

うなぎのタレ。実はあれを作るには醤油とその他にちょっとした調味料があれば事足りるのだ。

醤油をベースに、酒に砂糖。それらを煮込んで作る。

酒や砂糖と言った代物《しろもの》はこの世界にもあった。

だが、タレを作るにはやはりどうしても醤油は不可欠。

逆に言えば、醤油という調味料さえ作ってしまえば、あとは様々な調味料を作れる基礎になれる。

オレはそれを生かした料理をここで披露した。

「なるほど、醤油……確かにそれは新しい調味料じゃ。儂ですら思いつかなかった代物。しかし、いくら調味料の味がすばらしくとも、それのみで儂の渾身《こんしん》の料理全てが負けたとは到底思えぬ」

そう、どんな素晴らしい調味料でも、あくまでも主賓《しゅひん》を引き立たせるのが役目だ。

画期的な脇役一つで勝てるほど、この勝負は甘くはない。だからこそ、オレはもうひとつの小細工を仕掛けていた。

「では改めて言っておこう、賢人勇者よ。料理単体としてならお主の料理の方が美味であった。だが、それでもあえてこの者達に票を入れたのは料理単体を上回る全体の〝気配り〟があったからじゃ」

「なに？」

そのグルメマスターの思わぬ発言に賢人勇者は眉《まゆ》をひそめる。

そんな彼女に対しグルメマスターは目の前に置かれたＳＵＳＩとお茶を彼女に差し出す。

それを口に入れ、時折お茶を飲むカサリナさん。その途中で彼女はあることに気づく。

「これは……」

「そう、自然な口運び。お主は海鮮料理を選択し、その料理を出した。確かにお主の海鮮料理は天下一品だが、海鮮料理にはあるひとつの欠点が存在する。それこそが海鮮類が持つ舌先に残る〝味〟じゃ」

海鮮料理は、数ある料理の中でも最も素材の旨みをそのまま引き出す料理であり、それを究めようとすればするほど、避けては通れないある弊害《へいがい》が存在する。

それが口の中に残る生臭さ。

無論、新鮮なものであればそれが残る割合は低いが、たとえどのように新鮮なものであろうと口の中に海鮮特有の味が残る。

オレ自身、海鮮料理は好きだしたまに食べる。

だが、食べ終わったあとに、どうしても舌先に海鮮特有の生臭さが残る。

そういう時、その味を洗い流すためにすることは、濃いお茶を飲むこと。

「私はこの湯こそが彼らが提供した料理の中で地味ながらも最も効果的な役割を発揮《はっき》したと評価する」

あれからオレは雑草と呼ばれるウィードリーフを改良し、今では日本で言う玉露《ぎょくろ》に匹《ひっ》敵《てき》する旨さにまで仕上げていた。

今回、オレが用意した料理はそうした小細工や仕掛けを幾重《いくえ》にも張り巡らせたもの。

醤油による海の幸と山の幸両方を使用したＳＵＳＩネタ。

さらにはその醤油を改良して作ったタレを乗せてのリヴァ重。

そして、最後にそれら海鮮特有の生臭さを消して、後味の良さを与えるためのお茶。

「どのような料理であれ、次の料理を口に運んだ際は前の料理の味が残るもの。だが、次のものを口に運ぶ前に、この湯の苦味が口の中に残った味を洗い流してくれる。それによって新しい舌先でより新鮮な料理を楽しめる。それだけでなく、この湯の苦味が出された海鮮料理のすべてと合い、飲み物が料理を美味しくする相乗効果を秘めていた。私は長年審査員をしてきたが、料理ではなく飲み物に味を高める方法を持ってきたのは彼らが初めてだ」

それこそが日本で生まれた口直しと呼ばれるもの。

オレの仕掛けた小細工に、あのグルメマスターの老人はちゃんと気づいて評価を与えてくれたのだ。

「彼らの料理には無駄《むだ》なものが一つもない。だからこそ私は、その気遣いを評価し、彼らに票を入れた」

グルメマスターのその言葉を聞き、賢人勇者は静かに口を開いた。

「……なるほど。儂の料理は一つ一つがメインだった。だからこそ、それぞれの〝主張が強く味がバラバラ〟。全体としての統一感がなく個々の旨さだけ。彼らのように次の料理を口に運ぶ際への気遣いがなかった」

そう、カサリナさんの料理は全てがメインディッシュと呼べるほど味がしっかりとしたものだった。

おそらくこれがただ単純に旨さを競うだけの大会ならオレ達は負けていただろう。

だが、これはどのような食材を選び、それをどのように調理し、どのように出すか、すべての過程が審査される大会。

それに賭《か》けて、オレにしか出来ない調理法、小細工を仕掛け、結果勝利をもぎ取った。

「いかに高ランクの魔物を狩り、それを最高の料理で仕上げるか。儂はいつしかそのような効率性にのみ囚《とら》われ、食べる側への気遣いを忘れていたようじゃ」

言って賢人勇者は自分の得た知識と経験が逆に彼女の視野を狭めていたことに気づき、こちらに握手を求めた。

「儂の負けじゃ、キョウ」

オレは彼女の差し出した手を握り、ここに大料理大会の決勝戦は、オレ達の勝利で幕を閉じた。

MONSTER DATA
-004-
ドリアード
《価　値》★★★☆☆
《性　格》心優しい
《危険度》D
土に根を張った下半身が植物の女性。とても賢く人とのおしゃべりが得意。中には果実などを実らせ、それが食用となるものもある。
マッシュタケ／エントタケ
《価　値》★☆☆☆☆／★★★☆☆
《危険度》E
《性　格》のんびり
キノコに足が生えた魔物。テクテクとよく森の中を歩いているのが確認されている。焼くと美味しいと評判。
It is a different world,
but we are
monsters cultivation.

エピローグ

「では、こちらが優勝賞品の世界樹の宝石です。かの勇者が邪悪の樹《クリフォト》を討伐した際に入手したという伝説の宝石です。売れば一生の富が約束されるでしょう。どうぞお受け取りください」

「ありがとうございます」

司会者から渡された世界樹の宝石こと、世界樹の種を受け取り会場中の拍手喝采《はくしゅかっさい》を受けて、オレとミナちゃんは壇上《だんじょう》から降りていく。


その後、短い閉会式を行い、オレ達は当初の目的でもあった世界樹の種をかざしながら、ひとまずの勝利を祝う。

「まずは世界樹の種、ひとつゲットだな！」

「相変わらずアンタって大したものね、キョウ」

「さすがです、キョウ様。私、信じておりました」

「ご主人様、おめでとうございます〜！」

「……お、おめでとう……です……」

「ああ、ありがとう、みんな」

みんなからのそれぞれの祝いの言葉を受け、オレは手に入れた世界樹の種をバッグに入れる。

これでまずは一つ。残るは五つだ。

ひとまずこれはどこかオレが植えるのに相応《ふさわ》しいと思う場所に植えるとしよう。

そして、残る五つも手に入れて、この世界のどこかに植えて、世界樹として育てれば世界の崩壊は防げて、晴れてオレも平穏無事に栽培《さいばい》の続きを謳歌《おうか》できるというものだ。

「ミナちゃんもありがとうな。あの時、ミナちゃんがオレを食堂コンテストに誘ってくれなかったらここまで来れなかったよ」

今回この種を入手できたのも、あの時ミナちゃんがオレを誘ってくれたからこそだ。

「この世界樹の種はどうしてもオレ達の目的に必要なものだから渡せないんだけど、もしもオレでなにかミナちゃんの力になれることがあればなんでも言ってくれ」

「いえ、その必要はありません。私はこうして世界中の頂点に位置する大料理大会に優勝できた。それだけでもう十分に満足なんです。私の方こそ、キョウさんのおかげでここまで来れたんです。むしろ、ありがとうございます！」

そう言って逆にお礼をされる始末。

やっぱり、この子には何度感謝してもしきれないな。

いつかしかるべき形で恩を返せるといいんだが。

そう思っていた矢先、オレ達の方へ誰かが歩いてくるのが見えた。

「先程は見事であったな、キョウよ」

「カサリナさん」

それは賢人《けんじん》勇者カサリナさんだった。

彼女は吹っ切れた様子でこちらへ歩み寄る。

「噂《うわさ》には聞いておったが実際は想像以上じゃな。お主が魔物を栽培する能力があるのは知っておったが、驚くべきはその知識。あれほどの独創性に富んだ発想、一体どこから手に入れたのじゃ？」

「さあ、それは企業秘密ですよ」

まあ、地球というところからですが。話すと長くなるのでお察しください。

「なるほどな。フィティスよ、お主が儂《わし》からの命令よりもこやつの側についた理由も今ならば納得じゃ。確かにこやつ、良い男じゃな」

「ええ、その通りですわ」

そう言って笑い合う二人。やがて、その笑顔のままカサリナさんはオレを見る。

「よし。ではキョウとやら、今後は儂もお主の旅に同行させてもらおう。お主の魔物栽培技術やあの発想力を、ぜひ間近で確認させてもらいたいからな」

「へ？　ちょ、なんでそうなるんですかー⁉」

「良いではないか。弟子とももどもよろしく頼むぞ」

そう言って女神様に負けない豊満な胸を押し付け、オレの腕に自分の腕を絡めていく。

「ともかく、これで大料理大会の優勝って看板を背負って街に帰れるわけだし、アンタの街での評価も変わるんじゃないの」

「そうですよ！　これでキョウさんも街の英雄として迎え入れてくれますよ！」

ミナちゃんの英雄って言葉はやや大げさすぎる気はしたが、しかし実際この大料理大会で優勝するということはそれほどまでに名誉《めいよ》なことだと何度も聞かされてきた。

なら、オレもそろそろ自信を持ってもいい頃なのかもしれない。

「だな、少なくともこれで領主さんへのいい報告ができるよ」

そう言ってオレもまた皆と共に笑い合う。

最初は魔物を栽培するということで変な目で見られたりもしたものだが、気づけばいろいろとオレへの評価も変わり、今ではこうしてオレの周りに集まってくれる仲間も増えてくれた。

まあ、心配があるとすればこの大会で優勝したことをきっかけにオレの魔物栽培の能力が世界中に知れ渡った点だが……そんな心配をしていると、隣にいたリリィがなんでもないとばかりにオレの胸を小突く。

「心配しなくてもアンタを狙《ねら》うような奴はアタシがなんとかしてあげるわよ。それがたとえ六大勇者でもね。なんたってアタシはアンタの相棒《あいぼう》なんだから」

リリィのその笑顔にオレもまた笑顔を浮かべる。

「ああ、そうだな。頼りにしてるぜ、相棒」

そう言ってハイタッチするように手を合わせ、それを見ていた他の皆も和気あいあいとオレの周りに集まってくる。

「キョウ様！　無論、私もキョウ様のためでしたら何でもする覚悟ですわ！」

「私もキョウさんにはお世話になっていますから、料理に関してなら任せてください！」

「わ、私も……！　ドリちゃんを助けてもらった恩がある、から……！」

「おっと、兄ちゃんの相棒ならオレもいるからな」

「私だってご主人様のためにお役に立ちます！」

「ぴぃー！」

「はっはっはっ、本当にお主の周りは愉快《ゆかい》な仲間達が多いなー」

フィティス、ミナちゃん、イースちゃん、ジャック、ドラちゃん、バーン、カサリナさんと皆がオレに声をかけてくれた。

そして、オレの足元にしがみついていたスィもまた。

「ぱぱー！」

まだ他の言葉を上手く喋れないのだろう、けれどもスィがオレに伝えたい気持ちは十分にわかっていた。足元に引っ付いているスィを抱え上げて、オレは新たなる目標を口にする。

「よっしゃ、それじゃあ、次なる世界樹の種を目指して行くけど、これからも皆の力を借りさせてもらうぜ！」

『もちろん！』

オレの呼びかけに対し、皆、同じ言葉を口にしてくれた。

魔物栽培から始まった異世界生活。どうやら、今後もより一層賑やかに、そして楽しいことが待ち受けてそうだ。

そう確信を抱き、オレは皆と共に歩き出すのだった――。

あとがき

FGO最高だぜ！

どうも、初めまして。雪月花《せつげつか》です。この度は『魔物栽培《まものさいばい》』を購入していただき、ありがとうございます。

カクヨムというサイトにて書いておりましたところ、こちらのファミ通文庫の担当様より声をかけてもらい、刊行という形になりました。ありがたいことです。

書籍化に際して、カクヨムなどのウェブ版とは大きく設定を変えたり、話の流れを変えたりしましたので、こちらの書籍版を読んだ後、ウェブ版をお読み頂けると、また違った楽しみ方ができるかもしれません。逆もしかりです。

現在はカクヨムを中心に色んな小説を投稿しておりますので、興味があれば、お読み頂けると嬉《うれ》しいです。

と、ここからは趣味の話でも、実はフリーゲームを作ったりしています。代表作ですと『鬼子母神《きしぼじん》の夢』などでしょうか？　他にも色々なフリゲを同じ作家名（雪月花）で公開しておりますので、興味があれば触ってもらえると嬉しいかなーと。パソコンでプレイ出来るゲームになっております。あとは自作TRPGなんかも作ったり。

というわけで最後に絶賛ハマリ中のFGOよりアルジュナ最高だぜ！

もこもこのベルトは
しっぽみたいに
なってます！
shri

■ご意見、ご感想をお寄せください。

ファンレターの宛て先
〒102-8078　東京都千代田区富士見1-8-19　ファミ通文庫編集部
雪月花先生　　shri先生

■QRコードまたはURLより、本書に関するアンケートにご協力ください。

https://ebssl.jp/fb/16/1554

- スマートフォン・フィーチャーフォンの場合、一部対応していない機種もございます。
- 回答の際、特殊なフォーマットや文字コードなどを使用すると、読み取ることができない場合がございます。
- お答えいただいた方全員に、この書籍で使用している画像の無料待ち受けをプレゼントいたします。
- 中学生以下の方は、保護者の方の了承を得てから回答してください。
- サイトにアクセスする際や、登録・メール送信時にかかる通信費はご負担ください。

ファミ通文庫

異《い》世《せ》界《かい》ですが魔物《まもの》栽《さい》培《ばい》しています。

せ3
1-1
1554

2016年11月30日　初版発行
2017年1月10日　2刷発行

著　者　雪《せつ》月《げつ》花《か》
発行人　三坂泰二
発　行　株式会社KADOKAWA
〒102-8177 東京都千代田区富士見2-13-3
電話 0570-060-555（ナビダイヤル）　URL:http://www.kadokawa.co.jp/
編集企画　ファミ通文庫編集部
担　当　宿谷舞衣子
デザイン　ムシカゴグラフィクス
写植・製版　株式会社オノ・エーワン
印　刷　凸版印刷株式会社

〈本書の内容・不良交換についてのお問い合わせ〉
エンターブレイン カスタマーサポート　0570-060-555（受付時間 土日祝日を除く 12:00～17:00）
メールアドレス：support@ml.enterbrain.co.jp　※メールの場合は、商品名をご明記ください。

ISBN978-4-04-734345-0 C0193

定価はカバーに表示してあります。